MARIO SHINGAKI

DESACELERA, MUNDO!

Na contramão, para viver melhor...

São Paulo

2015

GRÁFICA
PAULO'S

Impressão: Paulo's Comunicação e Artes Gráficas Ltda.
Autoria e revisão: Mario Shingaki

Dados Internacionais de Catalogação na Publicação (CIP)
(Câmara Brasileira do Livro, SP, Brasil)

Shingaki, Mário
Desacelera, mundo! : na contramão, para viver
melhor -- / Mário Shingaki. -- São Paulo:
Gráfica Paulos, 2015.

1. Crônicas brasileiras I. Título.

ISBN 978-85-882-46-26-3

15-00127 CDD-869.93

Índice para catálogo sistemático:
1. Crônicas : Literatura brasileira 869.93

Prefácio

Você já parou para pensar em seu estilo de vida? Em como é o seu dia a dia? Se a forma que conduz seu cotidiano lhe deixa feliz ou triste? Um dia, uma tarde muito chuvosa de uma segunda-feira brava, eu fiz isso.

Certamente posso afirmar que a ideia de escrever esse livro nasceu naquela tarde. Depois foi amadurecida por outros fatos vividos ou presenciados e por pesquisas, mas naquela tarde o embrião foi concebido.

Estava assistindo ao clássico filme *Tempos Modernos*, do Charles Chaplin. Não era a primeira vez que via aquele filme, uma crítica sobre a revolução industrial do século 19. Mas foi a primeira vez que algumas cenas da comédia me levaram à mais profunda reflexão sobre a vida no século 21. Em especial, o meu dia a dia e o que eu tenho visto nas pessoas, principalmente, nas grandes cidades e nas grandes empresas.

Uma das cenas era quando Chaplin estava em uma fábrica, fazendo vários movimentos repetitivos no processo de produção e, de repente, ele fica com um tique nervoso. Aquilo de alguma forma chamou minha atenção para alguns perigos pelos quais estamos passando hoje. A outra cena que me fez começar a pensar em minha semana anterior era quando o empresário, dono de uma fábrica, recebe a visita de um inventor que criou uma máquina que permitia aos funcionários trabalhar ao mesmo tempo em que estavam almoçando. Isso para que os colaboradores pudessem ganhar tempo e produzirem mais, no afã de serem mais eficientes.

Ora, aquilo era uma comédia do século 19, em que as situações eram levadas ao mais absurdo extremo para aquele tempo, com a intenção de nos levar a rir. Foi naquele momento que parei e pensei em como havia sido minha semana anterior e, como via em minha vida, na vida de meus amigos, de familiares e de clientes, uma reprodução moderna daquela "loucura". Afinal, quantas vezes nós já nos pegamos na mesma situação de almoçar e trabalhar ao mesmo tempo? Seja fazendo a refeição na própria mesa de trabalho enquanto acabávamos uma tarefa urgente – tudo hoje é urgente, tudo é para ontem – ou conferindo e respondendo os e-mails na mesa de um restaurante entre uma garfada e outra, através de um aparelho de celular com conexão 8G.

Aquele final de semana e a reflexão sobre a comédia de Chaplin passaram. Mas aquilo ficou em minha mente. Há algum tempo eu já estava mais reflexivo sobre algumas situações do meu corrido cotidiano. Foi quando outro fato novamente ligou meu alerta para o tema deste livro.

Tive vários clientes do mercado financeiro. Nesse meio não há espaço para perda de tempo, isso pode significar oportunidades perdidas e grandes quantias financeiras deixadas para trás. Por isso, quem trabalha no mercado financeiro é extremamente rápido e, muitas vezes, ansioso. Certamente, clientes diferentes nesse quesito em relação àqueles que trabalham na indústria ou mesmo no comércio. Por isso, eu já sei: quando atender um cliente do mercado financeiro também preciso ser extremamente rápido como consultor, pois é isso o que eles esperam de mim.

Há algum tempo, um desses clientes, muito capaz no que faz, mas bastante ansioso, ligou no meu celular para marcar uma reunião "urgente", já sugerindo a data que ele desejava para a tal reunião – esse tipo de pessoa já liga no celular porque tem a certeza de que vai falar diretamente com você. Ele não quer esperar a secretária passar a ligação, afinal tem pressa e está ansioso para resolver o problema que motivou a ligação.

Enfim, não tive muita opção, afinal, ele ligou no celular, disse que era urgente e já deu a data. Mas, respondi: "Vou ver. Estou no celular e preciso verificar minha agenda antes de lhe confirmar se a data está disponível".

Foi quando ele me surpreendeu: "Mas como assim? Você não consegue ver sua agenda no celular para dizer se consegue me atender ou não? Já perguntou indignado de eu não saber usar o celular e ver a agenda do aparelho ao mesmo tempo. Pensei: "Não, eu não consigo, mas, que vergonha".

No final, eu desliguei o telefone, verifiquei a agenda e o atendi na data solicitada. O assunto da reunião nem era tão urgente como a ligação induzia que fosse.

Mas, aquela situação, assim como o filme do Chaplin, ficaram em mente, martelando: "Olha seu estilo de vida, será que essa aceleração toda está levando você a algum lugar? Isso está lhe fazendo feliz? Há tanta necessidade nisso ou as pessoas se acostumaram e se condicionaram a ser assim? Como está a sua saúde? Como estão seus relacionamentos pessoais? Você tem tido tempo de se dedicar aos momentos de prazer com sua família e com seus amigos? Quais são as suas prioridades? Como será o futuro assim?". Perguntas para as quais eu não tinha respostas naquele momento e, talvez ainda as busque, inconstantemente.

Aquela situação com meu cliente me fez também meditar em como seria a vida dele. Certamente, trabalha para burro e é muito eficiente. Bem mais rico que eu, o que o leva a ter acesso a mais prazeres vindos do consumo que só o dinheiro pode proporcionar. Ele reproduz o estilo de vida da maioria dos executivos de sucesso hoje. Falam ao menos cinco línguas, trabalham 14 horas ou mais durante o dia, têm pouco tempo para o lazer e não cansam de colocar para si objetivos que os fazem buscar e se dedicarem cada vez mais. Assim, trabalhando mais, tendo menos tempo ainda e, certamente, acumulando mais dinheiro em uma grande bola de neve do "sucesso profissional". Mas, será que são felizes? Será que eles têm tempo de qualidade com a esposa e com os filhos? Será que quando saem de férias – se é que saem – conseguem desligar os três celulares e não conferir os e-mails sem ficar ansiosos, pensando se está tudo bem? Não estou dizendo que pessoas que vivem assim são tristes, infelizes. A ideia não é julgar. Contudo, todas essas situações me fizeram pensar um pouco sobre como vivemos hoje. Começou tudo com uma grande reflexão.

Desde então, comecei a observar a vida daqueles que me cercam, dos amigos, dos familiares, parentes e contatos profissionais, e, até mesmo, a observar também como estavam as minhas prioridades. Comecei a verificar que, pelo menos nas grandes cidades, nosso dia a dia está extremamente acelerado.

Comecei a perceber que essa aceleração não está apenas no mercado de trabalho e transpassa nossa vida profissional para todos os momentos do nosso dia a dia, até o tempo que deveria ser destinado exclusivamente ao lazer. Vi que a maioria de meus amigos corre tanto para conquistar os momentos de lazer, mas mesmo nessa hora não para. Faz tudo correndo como se estivesse sempre ansiosa atrás de algo que nunca chega, ou quando chega, passa rápido.

Ora, tudo que nos dá prazer não deve ser rápido, lazer, férias, diversão, sexo, tudo. O fato é que muitas vezes estamos correndo tanto que não conseguimos nem parar para curtir na totalidade, com calma, as coisas prazerosas pelas quais lutamos todos os dias.

Vi situações que narro sem identificar os verdadeiros personagens que me fizeram entrar em uma profunda análise do nosso comportamento, os resultados dele e algumas possíveis tendências. Fiz várias pesquisas, levantei dados, busquei o que os especialistas falavam e assim nasceu este livro.

A narrativa, ao longo desta obra, utiliza-se de histórias cotidianas, às vezes, futuristas, outras realistas, algumas até tristes e, muitas que certamente em algum momento você, leitor, pode se identificar e pensar: "Eu faço ou já fiz isso" e, sorrir ou chorar sozinho, talvez do cotidiano e das situações que estamos vivendo em favor de estarmos cada vez mais à frente, em um mundo que a cada dia que passa se torna mais competitivo e exige mais de nós, seja como pai, como filho, como marido, esposa, estudante ou profissional. Vamos tentar pensar em como será o nosso mundo no futuro, se continuarmos a caminhar velozmente nessa trilha que não nos permite nem parar para observar a beleza que há em uma simples árvore, ou mesmo, no prazer impagável de cobrir carinhosamente nossos filhos na cama sem estar estressados com os compromissos do próximo dia pela manhã.

Meu objetivo não é criticar os nossos tempos modernos, afinal, fomos nós, seres humanos, que escolhemos e nos moldamos para isso através dos séculos. Mas, levar você leitor a uma reflexão necessária: poderíamos desacelerar um pouco e vivermos mais felizes? Será? O que perderíamos? O que ganharíamos? O que estamos fazendo com nós mesmos e com o futuro do mundo? Quais os efeitos colaterais já comprovados? Há uma alternativa?

Boa leitura!

Agradecimentos

Aos meus pais que estiveram sempre ao meu lado,
inclusive nas três refeições diárias...

Aos meus irmãos que ainda cuidaram bem do caçula...

A Yatiyo e Suzy, minha maior família...

Aos amigos de ontem, hoje e aos que ainda irei conhecer...

A todos os acelerados e desacelerados que me inspiraram
escrever o livro...

Muito obrigado!

Sumário

Capítulo 1

Passos de tartaruga

O tráfego é intenso como sempre na hora do *rush*. A CET informa congestionamento de 989 km em São Paulo, mas isso não é novidade. É o relógio bater, às 23 horas, e todo mundo resolve sair do trabalho ao mesmo tempo. O resultado são as marginais, tanto a Tietê quanto a Pinheiros, paradas por horas todos os dias. Os motoristas já conhecem essa história e tentam otimizar o tempo o quanto podem.

Do volante, Gonzales aciona o *delivery* preferido, a essas alturas nada como uma picanha no alho para viagem. Através do GPS, o motoboy encontra o cliente preso nas vias, faminto pela praticidade. Os olhos dos motoristas ao redor brilham. Aquele aroma, aquele cheiro, era tudo o que queriam, enquanto o trânsito não anda. A picanha parecia estar no ponto, bem suculenta, daquelas que se desfazem na boca de tão macia.

Ao lado, o vizinho de congestionamento, em um carro mais modesto, saboreia um apetitoso *gnocchi* sem molho, afinal para ter praticidade a preço baixo, é obrigatório abrir mão de certos luxos, como o sabor perfeito. Já a elegante motorista à frente aproveita para chamar a manicure *express,* que em uma incrível máquina avançada, consegue acompanhar o tráfego enquanto lixa e lustra as unhas da dona de um possante importado de 50 válvulas. O carro chega de 0 a 100 quilômetros por hora em menos de dois segundos, mas, já fazia duas horas que aquela moça estava parada sem rodar ao menos 10 metros.

Gonzales nem percebe que já faz mais de uma hora que está no trânsito. A picanha ao alho, caríssima na versão *delivery* para as marginais, servia para aliviar um pouco a tensão das horas trabalhadas naquele dia. Ele se orgulha de ser uma dessas pessoas que vive para trabalhar, acorda diariamente às 4h30 da manhã, atrasado e preocupado com a agenda do dia. Já estava acostumado, os tempos são outros, bem diferente das histórias que ouvia de seus pais. Gonzales é o exemplo de homem multifuncional, não perde tempo com tolices, como o jantar. Para ele, o trânsito foi feito para isso.

O congestionamento foi superado. À 1h15 ele consegue chegar em casa e dormir. Depois de exatas três horas e 15 minutos, o relógio desperta exatamente às 4h30. Mas nem precisava, seus olhos já se abriam automaticamente. Estava condicionado a acordar nesse horário há anos. Nem se lembra de quando foi a última vez que dormiu seis horas seguidas. Isso era coisa de um passado distante que não existe mais.

Sua escova de dente sempre fica estrategicamente guardada no criado-inteligente – uma nova versão do antigo criado-mudo, que costumava ser estático e não falava. Enquanto ele pula da cama em um salto quase que circense, testa o lançamento do ano que promete transformar a vida dos atarefados. A superescova Bocal Z, que já vem com *dispenser* para pasta que permite a pessoa não perca tempo manuseando aquele antigo tubo flexível nada prático com tampa. Quando, ligeiramente, Gonzales chega ao banheiro, seus dentes já estão escovados.

A família segue o mesmo ritual enquanto se prepara para o único momento do dia em que todos se reúnem: a recarga das baterias.

Para garantir que nenhuma pane possa atrapalhar a vida da família, Gonzales criou uma estação de recarga de todas as baterias. Munida de um poderoso *no-break*, todas as noites ele checa se esposa e o filho plugaram seus conectores, a fim de acompanhar a rotina de todos que ama.

Gonzales conheceu sua esposa, Joice, quando tinha 25 anos, em uma compra virtual no supermercado. Ela havia arrumado um jeito de burlar o sistema operacional e conseguiu furar a fila de algumas promoções que ele também almejava. Irado e inconformado, a chamou pelo *Skype* pronto para uma briga virtual. Mas, ao ver o belo e meigo rosto de Joice, perdeu completamente o chão, a ira do teclado se desmontou e a convidou para um bate-papo fechado no *Facebook*. Foi quando tudo começou.

Mas, agora a vida era outra. Não havia mais tempo para esses devaneios do passado.

Enquanto toma um rápido café, ele questiona sua esposa via *Whatsapp*.

"Querida, você checou o *Foursquare* ontem?"

"Não", responde ela do quarto.

"Júnior esteve na casa de um colega no horário da aula de mandarim. Estou preocupado com as atitudes dele." Devolve rapidamente a mensagem e logo continua.

"No outro dia ele estava na academia de ginástica em pleno horário do curso de robótica. Onde já se viu? Qualquer dia ele vai aparecer com uma bola de futebol em casa!", reclamou com uma das mãos no peito enquanto digitava. Ele não podia conviver com a ideia de o filho jogar bola em vez de se preparar para o futuro profissional.

Toda interação da família era feita por via digital. Poucas conversas e aproveitamento total do tempo disponível na agenda, para isso.

Preocupada e concordando com Gonzales, Joice promete providências:

"Vou checar isso", afirma ela, tentando não maximizar a preocupação do marido.

A essa hora, Júnior já estava na suíte do pai, que dispõe de oito monitores em frente ao sanitário. Enquanto ele fazia suas necessidades, já checava novos *posts* nas redes sociais, os *feeds* de RSS, *e-mails* e agenda. Ele aprendeu desde novo a reproduzir os hábitos matinais do pai e aproveitar bem seu tempo. Apesar de realmente já ter lhe passado na cabeça a ideia remota de tirar alguns minutos para chutar uma bola de futebol. Mas, o que o pai diria? Certamente condenaria. Junior não queria decepcioná-lo.

"Ele já está se preparando para sair, vou mandar um SMS para saber o que está acontecendo", planeja a mãe.

"UM SMS? VOCÊ ESTÁ LOUCA?", Gonzales fica indignado com a solução de Joice para os descuidos do filho e dispara:

"Você precisa sentar e ver o que está acontecendo de fato com esse menino! Isso é assunto para um *e-mail*!", franziu o cenho e sentou-se, com palpitações.

Tanta preocupação surgiu por causa dos 140 caracteres postados na noite anterior no Twitter de Júnior, filho de Gonzales.

E ae pai tdblza?! Semana que vem farei um passeio virtual ao zoo. Provas!!! #Rumo ao 1TB de matéria neste bimestre!! A gente se vê no Face.

Gonzales achava que a professora de Júnior estava perdendo o foco. "Passeio virtual em um zoológico? Com tanta coisa mais importante e interessante para se aprender?!" Começava a achar que estava jogando todo o dinheiro dispendido na educação do menino no lixo.

O controle dos estudos do filho era feito através da quantidade de dados baixados na rede montada só com a finalidade acadêmica. "Até agora ele 'só' baixou um tera de matéria. Na previsão que fizemos era para ele já ter feito bem mais *downloads* neste bimestre."

Agoniada com a situação e vendo que o marido começava a ficar vermelho e com palpitações estranhas nos olhos, Joice rapidamente liga o medidor de pressão e, por precaução, abre uma das gavetas da estante do quarto destinado aos remédios e suplementos.

"Deixa disso, já estou atrasado, são 4h46, vejo a pressão no carro." Antes de sair, ele coloca o comprimido embaixo da língua e caminha às pressas.

Na maçaneta do carro, um display mostra 17/12 e informa com a voz do cantor Arnaldo Antunes: "O pulso ainda pulsa".

A pressão arterial estava nas alturas.

"Preciso fazer alguma coisa, vou aproveitar o caminho para fazer uma atividade física. Desse jeito não dá!"

Ele fecha a porta do carro, afasta-se e, como quem dá indícios de que seguirá seu caminho de forma alternativa, abre o porta-malas e saca o revolucionário equipamento de ginástica que permite que a pessoa malhe em pleno tráfego carregado.

Graças ao novo AZ Street, Gonzales pode abrir mão dos antigos métodos de exercícios físicos e, a seu modo, cuidar da saúde. Mais de um terço da população de São Paulo já tinha aderido à novidade.

Enquanto dirige e se preocupa com os hábitos nada ortodoxos do filho, o *workaholic* acopla ao volante um microssensor que envia ondas vibratórias ultrassônicas com mais de 12 mil contrações musculares. Com menos de 15 quilômetros percorridos de carro, ele já havia trabalhado alguns membros superiores.

"Já fiz tríceps e trapézio. Estou exausto, por hoje já deu. Amanhã faço peito e bíceps", resmunga. Falar sozinho era um hábito que ele havia adquirido desde os 12 anos de idade, quando ficou traumatizado por não passar no vestibular da Fuvest como *trainee*. Dois estudantes de sua classe haviam passado e ele não. Foi difícil superar aquele fato.

Depois do treino no carro, a corrida virtual ele optou para fazer com seus amigos no dia seguinte, via internet. Já fazia três semanas que ele e seus amigos tentavam "casar" as agendas a fim de arrumarem um tempo para a corridinha virtual.

Gonzales é o típico trabalhador da era digital. Trabalha em três empresas como gestor de riscos, desenvolvimento de tecnologias e redução de custos. Seus caminhos são guiados pelo seu GPS, que carinhosamente batizou de SpeedGonzales. Todas as suas paradas são registradas no *Foursquare* e no *Checkpoint* do *Facebook*, pois acredita que é um jeito de se manter mais próximo da família. Ele achava que se preocupava mais com a família do que alguns companheiros de trabalho.

Com personalidade forte, Gonzales tem um quê de hipocondríaco, mas tal mania ocorrera desde que foi acometido por um infarto, mais precisamente durante uma reunião de descomissionamento.

Isso aconteceu quando um dos seus chefes o chamou para anunciar o novo organograma da empresa e a extinção do cargo que ocupava. Gonzales teve a sensação de ter uma bigorna caindo sobre o seu lado esquerdo do peito. Jamais havia sentido algo parecido. Não acreditava que estava tendo um infarto aos 27 anos de idade.

A dor aumentava gradualmente, enquanto ouvia de seu superior o novo plano de carreira e a sua nova função no desenho organizacional da multinacional.

Sua camisa de algodão egípcio não escondia mais o suor. A falta de ar tomou conta do seu corpo, da mesma forma que a palidez estampou-se em seu rosto. De repente, a dor e o ódio o oprimiam por completo. Tentava disfarçar o desconforto, mas não podia.

Enquanto ouvia sobre a exigência de um profissional 100% focado na carreira, Gonzales temia perder, naquele instante, sua família e os compromissos nas outras duas empresas. Por alguns instantes, hesitou se teria sido melhor não casar e ter um filho, mas ganhar um lugar no quadro da diretoria da empresa.

Instantes depois, ele já estava medicado na enfermaria do andar de assuntos estratégicos, coincidentemente a mais frequentada da empresa.

"Gonzales?"

"Eufrázio?"

"Oh, meu camarada, o que está fazendo por aqui? Você sempre me pareceu tão saudável", disse o colega de departamento.

"O médico acabou de dizer que foi infarto, e você?" Respondeu Gonzales, ainda pálido e desapontado.

"Meu caso foi só uma angina, mas me diga: o que lhe traz aqui? Já ficou sabendo das novidades?"

"Pois é, ainda estou digerindo a informação."

"Gastrite ou úlcera?"

"Não, por enquanto só azia mesmo. Vai passar."

Sua vaga em uma das empresas em que trabalhava deixou de existir para dar espaço ao novo contratado da companhia. Um jovem estrangeiro, fluente em oito idiomas, possuidor de todos os equipamentos portáteis que se possa imaginar, inclusive um bloqueador de absorção corporal de radiação para evitar câncer.

Com seus 24 anos, o jovem empresário, recém-formado na Europa e na Ásia, anda meticulosamente alinhado, com terno de grife com riscas de giz quase imperceptíveis, um corte que valoriza seu biótipo longilíneo, relógio suíço, duas secretárias poliglotas e um estagiário especialista em TI. Recebia as informações do mercado financeiro em tempo real pelo ponto eletrônico, que nunca deixava seu ouvido. O serviço custava caro, mas já lhe tinha rendido boas negociações.

Esse era o novo perfil de profissional que concorria com Gonzales, que já era avaliado como velho para o mercado.

Depois disso, Gonzales nunca mais foi o mesmo. A busca por superação aumentou e a vontade de provar competência era o que lhe motivava. Por conta disso, um novo vício agora lhe acompanhava: a cafeína.

Se não era o café propriamente dito, balinhas, adesivos e cápsulas de cafeína mantinham o homem de negócios "ligado" a todo momento. Não havia mais espaço para erros. Cada dia com um novo tique nervoso, seus dedos assim que encontravam uma mesa começavam a dedilhar um teclado virtual, como se escrevesse ou tocasse a mais rápida das músicas. Quando dormia, seus sonhos geralmente eram com guerras entre gráficos de investimentos no mercado de ações, que ganhavam vida e tentavam devorar sua família. Não eram poucas as vezes em que ele acordava em meio às poucas horas de sono, suando frio, pensando em como seria se os gráficos em baixa vencessem a guerra contra os gráficos em alta e conseguissem atingir o conforto de sua família.

Após o cartão amarelo na empresa, Gonzales sentiu-se de escanteio e partiu com uma nova obsessão por atualização. Cursos e mais cursos, suas poucas horas de sono foram praticamente extintas. Sonhava acordado com a posição social do novo colega mega-atualizado.

Não podia cruzar com o recém-contratado que o coração já começava a palpitar, suas mãos suavam e os tiques nervosos aumentavam nitidamente. Após o ataque cardíaco, ganhou a mania de resmungar entredentes, com sobrancelhas arqueadas. Agora, além de falar sozinho, as expressões do rosto e do corpo acompanhavam os borbulhantes sentimentos de ira e frustração cada vez mais intensos.

"Minha vontade é pular no pescoço desse filho da mãe."

O nervosismo e o aumento do consumo de café foram retribuídos com a elevação da gravidade da antiga gastrite. Gonzales envolvia-se a cada dia em um emaranhado de problemas somatizados.

Suas pálpebras piscavam mais rápido a cada manhã. No carro, não podia faltar o tubinho com lágrimas artificiais. A cirurgia da miopia já pedia revisão. Mas ele não encontrava tempo para ver isso.

No bolso do paletó carregava uma caneta digital, que diagnosticava as necessidades de minerais durante o dia. Conforme as horas passavam ou os eventos aconteciam, a caneta vibrava e lhe disponibilizava uma pílula para repor os sais minerais.

Todo o transtorno mudou a vida de Gonzales, que reconsiderou seus valores e tomou algumas medidas drásticas em sua vida. Resolveu buscar terapia. Entendeu que não podia continuar do jeito que estava.

Como tinha intestino preso, ele decidiu aproveitar seu momento de introspecção sentado no vaso sanitário para fazer uma conferência com a psicóloga, especializada em SPT (síndrome do desperdício de tempo), a nova febre mundial, em um de seus monitores pendurados na parede do banheiro.

Logo na primeira sessão, sem saber onde seu cliente estava, a analista comportamental indagou:

"O que o traz aqui?"

"Estou me sentindo muito preso, preciso me abrir com alguém".

"Fale-me mais sobre isso."

"Estou angustiado, não consigo mais dormir, tenho pesadelos, não aguento mais um dos meus três empregos, consequentemente, os outros dois estão ficando..."

"Faltam-lhe palavras?"

"Merda!"

"É assim que o senhor encara o seu trabalho?"

"Não foi isso o que eu quis dizer. É esta situação aqui agora."

"O senhor acha que estamos perdendo tempo? Que isto aqui é uma merda?"

"Não! Me desculpe, não é nada disso, é que enquanto conversamos, tô tentando cagar, para ganhar tempo..."

"O senhor precisa mudar alguns hábitos de sua rotina", interrompe a terapeuta.

"Eu sei."

"Caso contrário o senhor continuará sofrendo."

"Mas, veja bem."

"Sim?"

"Eu já procurei várias alternativas. Hoje em dia as coisas não são mais como antigamente, dizem que mamão é bom."

"De fato, às vezes uma mão ajuda bastante."

"Mas isso é uma raridade, difícil de encontrar por aí."

"Sua esposa sabe disso?"

"Não tenho coragem. Morro de vergonha de ter que assumir esta fraqueza."

"Que nada, isso é comum, acontece mais do que você possa imaginar. Antigamente as pessoas associavam esse problema às mulheres, mas os homens também estão suscetíveis".

"Sei que não deveria falar sobre esse tipo de coisa, mas é que..."

"Eu sou paga para isso. Você deve se abrir sim, fale o que você está sentindo."

"Acho meio estranho falar dessas coisas com a senhora, mas já que insiste."

"Como assim? Se você não falar com uma terapeuta, vai falar com quem?" Estranha a psicóloga, que pensa em voz alta: 'Meu Deus, a sociedade evoluiu tanto e você ainda com estes velhos preconceitos'.

"Aiii dói muito!"

"Muito bem, estamos evoluindo."

"Não, ainda está entalado."

"Então se abra, ponha pra fora."

"Não dá! Não consigo."

"Diga-me, o que sente neste exato momento?"

"Uma dor, lá no fundo. Minha vontade é de gritar."

"Então grite!"

"O Activia não me faz mais efeito. Meu intestino está preso, sinto dores terríveis, estou com hemorroidas e um bostinha que mal saiu das fraldas ocupou meu lugar e está ganhando o dobro do meu salário!"

"Bom, *Seo*Gonzales, nosso tempo acabou, continuamos na semana que vem, ok? A guia de autorização do convênio já está no seu *Dropbox*. Até logo."

Depois da conversa, Gonzales fez algumas ponderações e resolveu mudar alguns hábitos.

Para garantir os cuidados e a segurança da família, a forma que encontrou para estar presente foi conectá-los e mantê-los sob vigilância digital constante.

A saúde e o futuro do seu filho Júnior sempre mereceram sua atenção. Preocupado com o desenvolvimento profissional do garoto, Gonzales muitas vezes deixava de lado alguns cuidados físicos.

De tanto digitar em *Smartphones* e manusear *joysticks*, Júnior ganhou sérios problemas no polegar, que ficou desproporcionalmente maior em relação aos outros dedos das mãos. Durante as poucas horas de sono, aos nove anos, o menino chorava as dores do crescimento.

Há tempos as crianças deixaram de ter a característica infância, com brinquedos de verdade, brincadeiras e relacionamentos. Na busca da criação de futuros profissionais de excelência e de novos cidadãos do mundo, pais como Gonzales investem verdadeiras fortunas para garantir o sucesso do herdeiro.

Os profissionais da saúde mais procurados pelos pais são os fonoaudiólogos. A maioria das crianças tem dificuldades para pronunciar frases e construir conversas completas.

Júnior mesmo acha muito estranhas as histórias de seus avós, que costumavam se reunir em ambientes comuns para bater papo pessoalmente. Ele, que começou a falar aos cinco anos de idade, mas já dominava o computador aos 2, nunca entendeu a dinâmica dos antigos encontros sociais.

"Como assim, sair para bater papo? O que é isso?"

Ele imagina uma mesa de pessoas juntas, enviando mensagens via *Smartphone* umas às outras.

"Não é mais seguro fazer isso dentro de casa? Não estaríamos mais expostos às doenças na rua?", questionava.

Para ele, era praticamente impossível compreender como as pessoas poderiam perder tempo com refeições em ambientes externos. Júnior nunca viu um restaurante na vida e não consegue visualizar a reunião de pessoas comendo comida artesanal, ou demorando mais de dois minutos para realizar uma refeição. "Qual a dificuldade de tomar suplementos de refeição?"

O novo conceito de alimentação prevê a rara ingestão de alimentos. Os mais velhos ainda mantêm hábitos alimentares, como comer no trânsito, nada além. As novas dietas recomendadas pelos nutricionistas já são compostas, em sua totalidade, de alimentos encapsulados, semelhantes aos utilizados pelos astronautas.

Júnior é fruto de uma sociedade totalmente diferente da dos seus avós. Seus pais foram concebidos pelo antigo método, a relação sexual.

"Pai, é verdade que você demorou nove meses para nascer?" O jovem perguntava isso inconformado com tanto tempo perdido dentro de uma barriga. Aquela realidade era inimaginável para ele.

"Sim, filho. Antigamente a gravidez durava um período de 40 semanas, bem diferente de hoje."

"Por isso que você é meio lerdo, né, Pai?", brinca o filho em uma ousada interação.

"Mais respeito, menino, eu sou Gonzales, o ligeirinho!", responde.

Todo o processo da gravidez de Júnior, desde a descoberta até o parto durou uma semana. Assim que descobriu os enjoos, a esposa de Gonzales logo procurou o médico para tomar a pílula da aceleração de gestação.

A medicina descobriu que, da mesma forma como poderia acelerar o processo de engorda de frangos para o abate, o embrião humano também poderia sofrer o processo de aceleração após a fecundação, eliminando o longo período de gravidez. Nos primeiro anos de experiência, os cientistas conseguiram reduzir de nove para quatro meses. Mas, com a evolução rápida da medicina, não demorou para o processo ser reduzido a sete dias de gestação.

O resultado foram mamães mais satisfeitas com o corpo, que automaticamente deixaram de sofrer tantos traumas, e grande economia com gastos de pré-natal. De acordo com os médicos, houve ganho na qualidade de vida das grávidas em geral, que não perdiam mais tempo com aquela coisa chata de ficar ansiosas, esperando meses para o feto chutar a barriga.

A correria agora fica por conta dos familiares, que têm que tomar todas as providências, como reforma do quarto do bebê, instalações de câmeras de monitoramento no quarto, esterilização e desinfecção da residência, escolha do nome e divulgação do nascimento nas redes sociais em menos de uma semana. Assim, nasceu uma nova categoria de profissionais, as *newsbabys,* pessoas responsáveis por ajudar as famílias a organizar tudo o que for necessário para o nascimento da criança em tempo hábil.

Os avós maternos de Júnior achavam o novo método sintético muito estranho. Eles preferiam a época dos ultrassons em quatro dimensões.

"Dava para imaginar como seria o rostinho do bebê. Ficávamos semanas sem saber se seria menino ou menina", relembra a avó com nostalgia.

Já o avô, menos emotivo, fala da lista de nomes: "Lembra quanto tempo demoramos em escolher o nome da nossa menina? Foi uma briga só, você queria Joice e eu gostava mais de Catruca. Veja como ficou linda a nossa Joice Catruca", relembra ele.

"Velhos tempos!"

"Nem comente essas coisas perto do menino, que ele não consegue entender e eu não tenho paciência para explicar."

"Eu, hein, nem parece que você é da velha geração Y."

"Pois é, eu não tenho paciência para ficar explicando coisas, sou da época do Google. Era mais simples. Agora tem esses pontos eletrônicos no ouvido respondendo tudo. Mas eu já sou meio surdo. Não ouço nada. Além disso, incomoda", resmunga o velho.

"O menino é esperto. O Gonzales já falou com ele sobre essas coisas."

"Na época em que tudo se resolvia com sexo era mais fácil. Explicávamos como tudo acontecia e pronto. Ah, como o sexo era bom!". Júnior ficava com nojo e medo só de imaginar o que os avôs definiam como sexo. Ficava imaginando a quantidade de bactérias e doenças que surgiriam daquele ato sem sentido para ele.

Como os jovens casais não tinham mais tempo para relações sexuais, a fecundação começou a ser feita apenas *in vitro*. Gonzales, por exemplo, deixou seu esperma em um banco de fertilização artificial na hora do almoço. Já sua esposa deu uma passada na clínica antes de embarcar para o exterior, a 14 países, em viagem de trabalho.

Quando voltou, dias depois, já estava em trabalho de parto.

"Aproveitei para trazer todo o enxoval de Miami."

Gonzales comemorou o fato de sua esposa estar fora do país no período de gravidez. "Foram dias em que não precisei perder meu tempo com a escolha do nome, com as mudanças de humor e com aquele papo furado de desejos ou colocar a mão na barriga da esposa para sentir a criança".

Tudo se tornou mais prático e rápido. Graças à medicina avançada não existem mais gripes. Aquela velha história do chazinho e cobertor é coisa do passado. As mães de hoje têm coisas mais importantes com que se preocupar, em vez de ficar aquecendo o filho à noite e fazendo carinho enquanto ele dorme.

Ativistas encaminham vírus para os *softwares* das geladeiras, que armazenam em quase sua totalidade alimentos geneticamente modificados. A velha guarda ainda luta contra o processo de engorda de alimentos e questiona agora os malefícios causados pelo envelhecimento precoce de vinhos.

Recentemente, a indústria vinícola descobriu uma forma de acelerar o envelhecimento dos vinhos, mantendo a mesma qualidade dos mais antigos rótulos. No entanto, ainda não se sabe os efeitos que os agentes químicos de envelhecimento podem causar no ser humano. Só se sabe que o há vinhos de cinco meses equivalendo a 15 anos.

A grande preocupação das famílias era como fazer um *back-up* de tudo o que havia nas geladeiras, diante das iminentes ameaças de *bugs* nos sistemas de refrigeração, provocados pelos ativistas do *Winepeace*.

Tantas transformações provocaram um grande alvoroço na sociedade. Cada dia um cientista apresentava à mídia uma nova descoberta revolucionária, que desafiava os antigos paradigmas da natureza, como, por exemplo, a velocidade das tartarugas.

Júnior enviou a notícia reveladora aos seus pais via SMS. Relatos de um preparador físico de tartarugas do Japão informaram que tartarugas de alto desempenho conseguiram alcançar a incrível meta dos dois metros por segundo. O fato ganhou repercussão mundial e atraiu a atenção de especialistas de diversas áreas.

Estudos de décadas mostraram que as tartarugas, que desenvolveram o potencial de corrida, foram estimuladas psicologicamente a desafiar seus desafetos, que utilizavam sua imagem como sinônimo de projetos demorados e processos morosos. "Você trabalha igual a um coelho" era o novo jargão para alguém criticar a lentidão no cumprimento de uma tarefa.

Ao mesmo tempo em que potencializavam a raiva e aumentavam a performance, as tartarugas ganharam dores musculares e problemas cardíacos. De acordo com a notícia publicada no principal *site* de saúde na internet, o responsável pela pesquisa, Doutor KameUsagi, já está em fase final de desenvolvimento, um marca-passo para as tartarugas velocistas.

No entanto, a sociedade internacional de proteção aos animais protestou contra os métodos utilizados pelos pesquisadores, uma vez que as tartarugas foram exploradas psicologicamente. Segundo os protetores, deveria haver um acompanhamento para analisar os danos emocionais que podem ter ocorrido durante os experimentos.

De acordo com fontes confidenciais, no Japão houve um aumento significativo na morte de tartarugas, o que aponta para sinais de suicídio dos répteis, exaustos e frustrados por não conseguirem alcançar os novos índices de velocidade. Além daquelas que morreram de ataques cardíacos.

Para a psiquiatra Kiba Doubutsu, quando os animais são levados à exaustão e expostos a dificuldades nunca então enfrentadas, é preciso muita atenção para a forma como podem reagir aos fracassos e ao não cumprimento de metas. Doubutsu acredita que muitas das tartarugas velozes estão com problemas de depressão e síndrome do pânico.

"Encontrei uma tartaruga que não queria sair do casco de jeito nenhum. Ela tinha medo da sombra de uma folha de alface. Coisas simples, como dar um pequeno passo de cada vez, se tornaram impossíveis para ela", afirmava a médica psiquiatra com MBA em veterinária evolutiva, uma das mais novas e rentáveis profissões dos tempos modernos.

Os reflexos de novos hábitos sociais, das mudanças de valores e de novos padrões de inserção no mercado exigem uma readequação comportamental de toda a sociedade, inclusive dos animais.

Não são só as tartarugas que se deparam com dilemas psicossociais, mas todos aqueles que estão expostos às mudanças frenéticas de uma sociedade de informações que causam efeitos na saúde, ao mesmo tempo real em que são divulgadas as novidades.

Efeito colateral

Em tempos de prazos alucinantes e metas exorbitantes, é normal convivermos com personagens como Gonzales, quando não somos os próprios protagonistas de histórias que, em alguns momentos, até chegam a ser bizarras.

Desafiamos o tempo, nos perdemos em compromissos e, por diversas vezes, desapontamos os outros e a nós mesmos. *Fastworkaholic* virou a palavra da moda e convívio social entrou em escassez em plena era das redes sociais.

Não é raro ter que dividir com celulares e *tablets* a atenção dos nossos companheiros de refeição. A mesa deixou de ser o lugar reservado para o almoço ou o jantar, momentos sagrados para os mais antigos, onde nem ligar a TV era permitido. Tudo para que pudesse haver comunhão entre a família. Hoje, o prato principal, antes de ser apreciado, precisa ser clicado e exibido no *Instagram* e no *Face*. A cada garfada, a resposta para um comentário sobre o *post*.

As conversas são interrompidas pelas mensagens, os olhares não são mais trocados e os olhos às vezes parecem até esbugalhados enquanto se fixam em pequenas telas e os dedos discorrem nos display de um lado para o outro.

Enquanto, por um lado, o mercado de trabalho requer profissionais mais antenados e dedicados, por outro, as pessoas confundem cada vez mais seus momentos de descanso e lazer com o trabalho. Abrem mão de férias, cumprem jornadas de até 20 horas e aproveitam as viagens em família para realizar cursos de aprimoramento profissional.

Muitas empresas já proporcionam ao trabalhador a opção de reduzir ou ajustar a carga horária em troca da entrega dos resultados. Há quem diga que isso é uma faca de dois gumes, pois os resultados estão cada vez mais inatingíveis, mas o fato é que muitos abrem mão de suas vidas e encontram no trabalho uma fuga.

A recomendação é sempre tomar cuidado. O limite entre a insanidade e responsabilidade muitas vezes pode ser confundido ou nem percebido em meio a tantas atividades e compromissos que, não raras vezes, consomem nossa saúde. A ciência luta para encontrar meios de reduzir os efeitos no nosso corrido cotidiano.

A cada semana surge um novo suplemento alimentar que promete ajudar a suprir a necessidade diária de vitaminas e sais minerais no nosso corpo. Já os aparelhos de ginásticas, anunciados à exaustão em canais de varejo, prometem o corpo perfeito com apenas 5 minutos diários de treino. E nós, que sempre buscamos facilitar nossa vida, muitas vezes não percebemos que todas essas criações práticas podem estar roubando nossa qualidade de vida e os nossos momentos de prazer. Afinal, não há máquina que substitua o prazer de caminhar ao final de tarde no parque ou na praia, ao lindo pôr do Sol. Nem sempre há tempo para gastar com esse tipo de exercício. Por isso, as engenhocas estão ganhando espaço.

Vale sempre a pena parar para avaliar e colocar na balança até onde vale a pena correr tanto e abrir mão de pequenas coisas que nos dão prazer.

Muita gente já tem feito essa avaliação e, preocupada com a saúde, aos poucos tem mudado seus hábitos cotidianos. Seja porque tiveram experiências quase mórbidas e repensaram seus objetivos de vida, ou mesmo porque perceberam que correr tanto não estava valendo a pena. Alguns começam a se preocupar mais com a saúde em meio à correria. Um exemplo disso é a redução de fumantes no Brasil, pela primeira vez o índice é inferior a 15% da população, de acordo com dados do Ministério da Saúde.

Hoje, apesar do trânsito cada vez mais caótico, algumas pessoas têm trocado o carro pela bicicleta como principal meio de transporte. Prova disso, é que os prefeitos de diversas cidades têm investido na construção de ciclovias nas malhas viárias dos municípios. Como exemplo, podemos citar a cidade do Rio de Janeiro, que possui mais de 200 quilômetros de ciclovias. Muitos trabalhadores da capital fluminense têm optado por percorrer pequenas distâncias de bicicleta e deixado o carro para distâncias maiores.

Enfim, a ideia não é de que você largue para sempre seu carro e vá trabalhar de bicicleta, ou que abandone os importantes suplementos alimentares e comece uma dieta estritamente à base de produtos naturais, mas avalie se não vale a pena em certos momentos desacelerar um pouco seu tumultuado cotidiano.

Veja alguns dados interessantes:

Qualidade de vida x morte

Segundo pesquisadores da Universidade Stanford, na Califórnia, o estilo de vida é o fator que mais pesa para que uma pessoa consiga ultrapassar os 65 anos. Se uma pessoa não se alimenta nas horas corretas, não faz ginástica e é um poço de nervosismo, o risco de morrer mais cedo cresce exponencialmente. Não importa se essa pessoa tenha pais e avós longevos e seu plano de saúde seja maravilhoso. O que vale é a qualidade de vida.

Excesso de trabalho x saúde

Trabalhar 11 horas ou mais pode dobrar o risco de depressão. Pelo menos é isso que diz um estudo divulgado pela University College London. Durante cinco anos os especialistas observaram 1.626 homens e 497 mulheres, com média de idade de 47 anos. Ficou provado que aqueles que trabalhavam 11 ou mais horas por dia tinham 2,5 mais chances de desenvolver depressão.

Horas trabalhadas x saúde

Dados da OIT (Organização Internacional do Trabalho) estimam que o número de horas trabalhadas no Brasil é superior ao da maioria dos países europeus. Dados apontam que o Brasil ocupa a oitava posição no mundo. No entanto, se falarmos apenas de executivos, os nossos são os que mais trabalham no mundo. Cada executivo no Brasil trabalha em média 55 horas por semana; enquanto nos Estados Unidos trabalha 50 horas; e na Espanha, 43.

Trabalho x felicidade

Um relatório da OCDE (Organização para a Cooperação e Desenvolvimento Econômico) descobriu que as pessoas dinamarquesas são as mais felizes entre os 40 países estudados. A OCDE usou dados para calcular a felicidade e o bem-estar das pessoas em 40 países diferentes, e pesquisou quais fatores têm maior influência sobre a felicidade das pessoas. Em uma escala de 0 a 10, os cidadãos da Dinamarca avaliaram em 7,8, em média, sua satisfação com a vida. Um dos grandes motivos é a baixa carga horária de trabalho. O povo dinamarquês trabalha 37 horas por semana em média. A maioria fica livre entre 15 e 17 horas.

Estilo de vida x obesidade

48,5% dos adultos no Brasil apresentam sobrepeso e 15%, obesidade. Entre os homens, 52,1% têm excesso de peso e 14,4%, obesidade; enquanto os índices nas mulheres são, respectivamente, 44,3% e 15,5%. Dados da SBEM (Sociedade Brasileira de Endocrinologia e Metabologia). No Brasil, nos últimos 20 anos, o número de mulheres com excesso de peso cresceu 40% e o de homens, 30%. Será que não precisamos desacelerar um pouco esse nosso atual estilo de vida para fazer um exercício e mudar os hábitos alimentares?

Ansiedade x saúde

Em comparação com os anos 1960, os níveis de estresse estão hoje 50% mais altos. Muitas pessoas usam o cigarro para aliviar a ansiedade. Bom para aliviar a tensão, péssimo para todo o resto. Um terço dos tumores malignos é causado pelo cigarro. No que se refere ao câncer de pulmão, 85% dos casos são atribuídos ao fumo.

Tecnologia x saúde

Sete em cada 10 pessoas das grandes cidades brasileiras são sedentárias. Culpa dos eletrodomésticos com controle remoto, dos telefones sem fio e de todos os vários acessórios de tecnologia que deixam nossa vida mais "cômoda". Um sedentário de hoje, que tem à disposição um sem-número de engenhocas eletrônicas, gasta 300 calorias diárias a menos do que um sedentário de 1970. Ao final de um ano, isso representa 12 quilos. A inatividade física reduz em até três anos a expectativa de vida. Está relacionada a 35% das mortes por diabetes e a 35% dos óbitos por distúrbios cardiovasculares. Engana-se quem imagina que são necessárias horas de suadouro em uma academia para deixar o clube dos lerdos. Com a queima diária de 150 calorias, deixa-se de pertencer à categoria dos sedentários. Basta uma caminhada no parque, por exemplo.

Fonte: Revista Veja.

Muito café x saúde

Para aguentar muitas horas de trabalho, não são poucos os que fazem uso excessivo do cafezinho. "O café é bom para o coração, é energético, porém, tem cafeína, que em excesso pode fazer mal para o organismo, principalmente para quem tem histórico de pressão alta. Além disso, o café pode dar celulite ou acentuar o quadro. Uma xícara de café pequena por dia é o suficiente", indica a nutricionista Paula Castilho em matéria publicada pelo portal Terra.

Pular refeições x saúde

Com a correria do dia a dia, toda essa aceleração, pular uma refeição acaba sendo um erro bastante comum para diversas pessoas. "Devemos comer de três em três horas para fazer com que o organismo entenda que ele não vai ficar sem energia. Assim, evitamos com que ele armazene em forma de gordura em vez de queimar", explica a nutricionista Paula Castilho. O indicado é tentar fazer, em média, uma refeição a cada três horas, sempre com opções pouco calóricas.

Comer rápido x saúde

Comer rápido é uma característica do mundo moderno e, às vezes, para ganhar alguns minutos, muita gente mal sente o gosto da comida. "Não mastigar os alimentos leva a um processo de má digestão e, ainda, a um maior consumo de calorias, já que a sensação de saciedade leva de 15 a 20 minutos para acontecer", explica a nutricionista Livia Hasegawa. Ela ressalta também que o ideal é mastigar de 20 a 30 vezes o alimento ou até que ele fique sem grandes pedaços sólidos.

Micro-ondas x saúde

Na correria do dia a dia, uma forma de economizar tempo é esquentar tudo no micro-ondas. Mas, devemos tomar cuidado. O micro-ondas pode levar à perda de alguns nutrientes. Assim, sempre que possível, use o micro-ondas apenas como emergência.

É difícil voltar a acelerar...

23% dos profissionais sofrem depressão pós-férias, segundo uma pesquisa realizada pela Isma-BR (International Stress Management Association no Brasil). Para essas pessoas, o retorno às atividades gera grandes problemas físicos, emocionais e comportamentais. "Falta motivação para levantar, para fazer a barba e até para escolher a roupa para ir trabalhar. Tudo fica difícil, complicado, a pessoa demora mais para fazer qualquer coisa, fica mais preocupada, desmotivada, irritada", diz Ana Maria Rossi, presidente da Isma-BR. Segundo o estudo, os principais sintomas físicos são dores musculares (incluindo dor de cabeça), cansaço, insônia e problemas gastrointestinais. Entre os sinais emocionais, estão: angústia, ansiedade, culpa e raiva.

Estresse x doenças da modernidade

Em decorrência do ritmo de vida atualmente acelerado, somos submetidos a esforço e tensão acima dos limites normais, o que pode causar o conhecido e temido estresse e, por sua vez, doenças que até tempos atrás eram desconhecidas.

O estresse pode causar dor de cabeça, insônia, resfriados, diarreia, irritabilidade, desânimo, dificuldade de concentração, comer demais ou não comer, mãos e pés frios que transpiram mais que o normal, raiva e tristeza. Ficamos mais sensíveis a problemas respiratórios, a problemas estomacais, ansiedade, depressão, problemas cardíacos, obesidade ou perda de peso, hipertensão arterial e diabetes. Diminui o apetite sexual devido à queda do nível de hormônios. Provoca dificuldades para engravidar, **podendo ainda desencadear distúrbios psíquicos, como síndromes de depressão e do pânico.**

Infarto x saúde

O infarto do miocárdio é a primeira causa de morte no mundo de hoje. Segundo a Organização Mundial de Saúde, que só não considera a região abaixo do Saara, na África, porque não existem dados epidemiológicos adequados, morrem de 6 a 7 milhões de pessoas por ano no mundo por infarto do miocárdio. As principais causas do infarto são obesidade, sedentarismo, tabagismo e pressão arterial elevada. Todas são características que podem ser relacionadas com um cotidiano de pessoas ansiosas e sem tempo para cuidar da saúde.

Capítulo 2

Rapidinha

Ana Cooper vive ligada nos 220 volts. Sua fonte de energia parece inesgotável. Ela acorda trotando e, enquanto espreguiça, já se alonga para o dia que promete ser muito corrido.

Voa para o banheiro e percebe, ao olhar rapidamente o relógio, que precisa aumentar a velocidade para chegar até a cozinha dentro do tempo estimado. Quando nota o atraso, Ana é implacável e tenta tirar a diferença no banho. É verdade que, no banho, às vezes algumas partes do corpo acabam sendo esquecidas, mas correr, esfregar-se, enxaguar são coisas complexas de se fazer com o tempo cravado. Nem todos estão aptos ao triatlo. Esfoliação corporal e hidratação dos cabelos já podem ser consideradas uma meia maratona.

Aqueles dias em que, por motivos de força maior, Ana é obrigada a dar um pulinho ao salão de beleza equivalem a uma

São Silvestre. A atleta da vida moderna arranca de seu interior uma força de competidora queniana para conseguir reduzir seus tempos e fazer tudo o que a vida lhe exige.

Trabalho, pós-doutorado, social com os amigos, *networking* com o pessoal da empresa, sem contar as reuniões inevitáveis de família.

"Aninha!"

"Oi, mãe, rapidinho, porque eu..."

"Já sei! Já sei! Serei rápida."

"Fale,manhê."

"Você não se esqueceu das bodas de ouro dos seus avós na sexta, né?"

"Então, mãe, vou só dar um pulinho rápido para dar um beijo nos dois. Terei que ser rápida."

"Mas, minha filha, são bodas de ouro!"

"Eu sei, também acho que seja uma eternidade ao lado de uma única pessoa, mas não posso fazer nada."

"É um momento importante para a nossa família. Queremos nos reunir todos para festejar e registrar a felicidade dos *nonos*."

"Ah... depois eu vejo tudo pelo *Face*. Não contem comigo para cortar o bolo. E, se quiser registrar alguma coisa, agilize a foto de família para quando eu chegar lá, será só bater." Os mais novos na família só conheciam Ana pelas fotos. Geralmente mal chegava aos eventos e já saía embora correndo, sem ao menos ser notada pela maioria. Conversar com as pessoas e dar atenção aos sobrinhos eram tarefas muito demoradas para ela.

"Você não tem jeito. Cuidado, hein? Nunca vi uma menina correr tanto!"

"Tá bom, mãe, me deixe correr lá."

"Correr pra onde, filha? Nunca ouviu o ditado: 'Devagar e sempre?'"

"O quê? Como você costuma dizer: isso não é da minha época. Definitivamente, a palavra devagar não faz parte do meu vocabulário. Beijo, mãe, tchau."

Seus calçados são sempre os mais confortáveis, especiais para atletas da vida moderna, com alta tecnologia de absorção de impacto e com pedômetro para contabilizar seus passos e sua velocidade. As meias chegam até a ser iguarias. Dezenas de pares, vindos da China, têm um lugar especial no armário, reservado só para as Chulé *Dry,* que eliminam o odor e protegem as plantas e raízes dos pés durante longas caminhadas. Uma tecnologia desenvolvida para suportar o ritmo de pessoas, como Ana, que vivem correndo.

Com panturrilhas grossas e batimentos sempre monitorados por um aparelho de conta-giros, Ana não abre mão da rapidez. Sua busca diária é bater seu tempo em pelo menos alguma atividade. O porteiro do prédio já sabe da rotina da condômina e acompanha a corrida do elevador ao estacionamento para entregar as correspondências. Com preparo físico bem aquém do da atleta, ele entrega os envelopes ofegante.

"Dona, Ana! Dona Ana. Espere um pouco!"

"Oi, Zé, corre aqui!"

"Tome suas cartas. Chegaram ontem, mas eu...

...Eu não..."

"Calma, Zé. Respire. Inspire e expire. Nada de apneia."

"É que ontem a senhora passou tão rápido que eu não consegui entregar."

"Valeu, Zé, deixa ir se não eu vou me atrasar. Um, dois. Um, dois".

Ana corre pelas ruas com seu carro, mas se irrita. Para ela, se fosse trabalhar correndo chegaria mais rápido. No entanto, a distância não permitiria sua chegada em condições físicas para exercer sua função. Pelo aplicativo do celular ela acompanha o fluxo das vias e segue através das alternativas mais desafogadas.

Assim que estaciona em sua vaga demarcada na empresa os pés nervosos já começam a retomada de sua vida literalmente corrida. Na empresa, nada de esperar o elevador, ela sobe os onze andares de escada.

"Brenda, não se esqueça de correr até o departamento de vendas e pegar a requisição do nosso pedido. Isso já deveria ter sido entregue ontem", abordou *en passant* a estagiária no meio do corredor. Ana faz questão de entregar todos os projetos com a maior antecedência possível, o que faz com que sua equipe tenha que acompanhar seu pique alucinógeno.

Na hora do almoço, muita cautela para não ter uma congestão. Sua alimentação é feita à base de isotônicos. A maratonista tenta fazer tudo o mais rápido possível para chegar logo em casa. Ela não vê a hora de encontrar seu namorado, carinhosamente chamado de Bolt.

Pelo celular, ela troca mensagens com o amado:

"Querido?"

"Oi amor, tudo bem?"

"Tudo ótimo, será que hoje quebraremos mais um recorde?"

"Vamos ver, estou em ponto de bala. Afinal, não é à toa que eu sou o Bolt!"

"Venha preparado para jogo rápido."

A velocista está empolgada com o novo relacionamento. Ao que tudo indica, dessa vez ela encontrou alguém compatível. O processo de seleção foi duro, durante sua busca afetiva encontrou homens carinhosos, preocupados em agradá-la, com coisas que ela julga ser uma perda de tempo. Um deles inclusive lhe propôs um jantar romântico no Terraço Itália, que levaria mais de 30 minutos, o que causou indignação da jovem.

"Onde já se viu? Que tremenda perda de tempo! Podendo passar em um *drive thru*, ou fazer um pedido pelo *delivery*, o cidadão me chama pra contemplar a vista de São Paulo, quero contemplar é o meu tempo!"

Ana não gosta de preliminares, adora homens precoces. Fazer reservas em hotéis ou motéis não faz o seu tipo. Quando a Avenida dos Bandeirantes está livre ela não pensa duas vezes e aproveita um *drive-in* que já conhece para seus rápidos momentos de prazer. Para ela, o lance tem que ser assim, jogo rápido!

"Acabou? Ainda não? Mas já faz 42 segundos..."

"Hummm... pronto! Acabei!"

"Demorou muito hoje, Bolt. Assim não dá! Fecha o zíper que estou atrasada."

Que confusão!

Um homem moderno, que se preze, não perde tempo. É criativo, anda carregado de *gadgets* e busca sempre um jeitinho de eliminar alguma tarefa de sua agenda, de maneira inteligente.

Billie é um desses casos. Ele é o que antigamente costumávamos chamar de Professor Pardal. Nascido na era digital, seu apelido de infância era Tec Boy. Desde cedo sempre se aventurou nas criações de dispositivos que, supostamente, deveriam agilizar sua rotina e a vida de sua família, mas até então, nenhuma de suas tentativas foi concluída com sucesso.

Recentemente, ele criou um *software* em que, dando as características básicas da pessoa, como cor preferida, idade, nível cultural, social e econômico e quantidade de filhos, facilitava-se a vida de uma maneira incrível. A principal função do programa era guardar datas comemorativas, como aniversário, casamentos, bodas, nascimentos, missas de sétimo dia, Natal, Réveillon, Páscoa, formaturas, festas na escolinha dos filhos, apresentações de balé, piano, judô, campeonatos, entre outros. De acordo com o evento, o próprio sistema dispara um e-mail com mensagens originais, preparadas exclusivamente para aquela data e para aquela pessoa. Além disso, o programa efetua a compra de um presente e o entrega pontualmente. Uma maravilha para adiantar a vida de pessoas superocupadas, como ele.

Aparentemente, Billie tinha realizado seu maior feito, uma invenção incrível. Prático e eficaz, o programa o promovia socialmente e eliminava uma série de afazeres, como discursos prontos em cartões, felicitações e visitas de protocolo.

Ele estava bonito na fita e todos admiravam como ele se lembrava de todos os eventos e mandava presentes que tinham tudo a ver com as pessoas. Achavam incrível ele gastar tempo pensando em deixar as pessoas felizes. Diferentemente de como a maioria fazia, as mensagens recebidas de Billie não eram pré-fabricadas ou como aqueles cartões que todo mundo recebe, iguais, feitos a toque de caixa. Mal sabiam que era um programa que ele criou que fazia todo o trabalho.

Até que um dia – como tudo falha na vida, mesmo as invenções tecnológicas de Billie –, houve uma inversão de duas mensagens para suas destinatárias. O programa confundiu o nome de duas colegas de Billie, ambas se chamavam Lidiana.

Lidiana Roberta teve um acidente fatal e perdeu três pessoas da família, enquanto Lidiana César havia acabado de ter gêmeos.

Com seus recém-nascidos no hospital, Lidiana César recebeu uma coroa de flores na maternidade com a mensagem: "Meus pêsames e sinto não poder estar ao seu lado para consolá-la neste momento tão trágico!"

Enquanto no velório, a também Lidiana, só que a Roberta, em prantos, foi surpreendida com uma cesta de flores e pelúcia, com felicitações.

"Parabéns pelo ocorrido. Você não pode imaginar minha felicidade quando soube da notícia e desculpe por não comemorar ao seu lado, mas faço questão de visitá-la em breve e testemunhar um evento tão festivo em sua vida!"

Troca de papéis

Antigamente as mães levavam seus filhos à escola, participavam de reuniões de pais e mestres, eram ativas nas associações e marcavam presença em todas as atividades extraclasse.

Com o passar do tempo, as matriarcas ganharam espaço no mercado de trabalho e deixaram de ser apenas donas de casa. Tornou-se comum as mães pedirem dispensa para levar o filho ao médico ou para marcar presença na apresentação de Dia das Mães. Mas a prática não sobreviveu aos tempos modernos e à aceleração do mundo.

Silvia Helena é uma superexecutiva, bem-sucedida no mercado financeiro. Com mil compromissos, conseguiu conciliar a gravidez com o trabalho. Enquanto entrava no trabalho de parto acompanhava os gráficos do mercado e as performances das carteiras que administrava.

Seu filho foi para a escolinha logo nos primeiros meses de vida. As professoras e seus coleguinhas de classe eram a sua família. No meio de uma tarde tumultuada, com Dow Jones empurrando o mercado para baixo, Silvia Helena esqueceu-se de ir mais uma vez à festa de seu filho – a terceira em seguida no semestre.

Inconformada com a situação de nunca ter conseguido ir a uma festa do filho, ela entrou no *site* do colégio e acompanhou o evento em tempo real pelo *Livestream*. Lá estavam todas as crianças na festa. Cada uma com seu *tablet* em mãos em um canto da sala, com seus joguinhos, aficionadas na tela em busca de mais um recorde. Vendo as imagens, sentiu-se menos culpada quando reparou que todas as mães naquele ano também não compareceram à festa, exceto uma, Lucilene. Lá estava ela, forte, ao lado do filho brincando de pega-pega com a criança.

As outras crianças, já acostumadas com a ausência dos pais nos eventos, vaiaram a única mãe que foi à festa, em coro:

LUCILENE DESEMPREGADA!

Devia ter amado mais? Ter chorado mais?

Aos 22 anos, Bento ainda não havia acumulado seu primeiro milhão de dólares. Um velho ditado dizia: ***"O filho deve ser melhor do que o pai a cada geração"***. O pensamento era a motriz para as famílias manterem seus padrões prósperos e alimentava a ambição entre os herdeiros.

Em um mundo acelerado, com infinitas metas, muitas vezes até sem sentido, os velhos provérbios e valores foram se adequando aos padrões mutantes da pós-modernidade. Busca-se sempre algo, deseja-se constantemente o impossível e não importa o motivo, o mote é não parar jamais. O novo clichê entre os gestores é estimular seus funcionários a "andar a milha a mais". As pessoas passaram a dar voltas ao mundo sem sair do lugar.

Férias?

Férias agora só acontecem se o celular ficar ligado o tempo todo, para isso o local precisa ter obrigatoriamente sinal telefônico. Acesso ilimitado aos e-mails corporativos em piscina, praia, shopping, churrasco, seja lá onde for. Viva o *Wi-Fi*!

No aeroporto, na área de desembarque, os celulares já funcionam enlouquecidamente.

Comprar a casa ou o apartamento dos sonhos?

Só para receber alguns amigos de vez em quando. Não dá mais tempo para curtir uma refeição sem interrupções no aconchegante terraço *gourmet*. O cansaço supera a vontade de ligar o *home theater* e assistir aquele filme legal que saiu recentemente na TV. Não paramos mais em casa.

Ter o carro dos sonhos?

Esse sim, cada vez melhor. Mesmo com a tremenda dificuldade de trafegar com segurança ou até mesmo só para sentir a capacidade do cobiçado motor V48. O carro precisa ser bom, afinal, as pessoas ficam mais tempo nele do que em casa.

Promover a educação dos filhos?

Na era da terceirização, nada mais cômodo do que deixar que uma boa instituição encarregue-se integralmente de educar os filhos, já que não conseguimos mais executar essa função.

Ter um final de vida tranquilo?

Justo, já que passamos a vida inteira ocupados com milhares de coisas mais importantes do que a nossa saúde, nossos relacionamentos, nossos familiares, nossos amores, nada mais plausível do que investir a maior parte do capital adquirido com tanto sacrifício em um fundo de previdência com boa rentabilidade. Afinal, já serve como um projeto sucessório familiar e os valores vão para os beneficiários sem as custas de inventário e ITCMD (Imposto de Transmissão Causa Mortis).

Em meio ao processo de aceleração global perderam-se muitos dos velhos valores. Ninguém disse para Bento, fruto da "Geração Z"*, que o verdadeiro sentido daquele ditado não era a riqueza material.

O antigo pensamento sempre fez referência a uma melhora da essência humana. Na verdade a leitura do ***"O filho deve ser melhor do que o pai a cada geração"*** diz que temos que ser melhores do que nossos progenitores no que diz respeito aos valores morais. Podemos morrer menos ricos ou mais pobres do que nossos pais, mas jamais menos éticos ou menos íntegros. O ensinamento enfatizava a riqueza de espírito e estimulava o crescimento de um mundo melhor, mais humano e com mais respeito.

Bento sentia na pele, no estômago e no coração a pressão de não ter enriquecido o suficiente antes dos 20 anos. Como já previa, a pressão familiar era contundente, seu pai, sempre ausente, fazia questão de evidenciar sua indignação com o *status* financeiro do filho.

"Você não parece meu filho! A quem você puxou? Se quiser ter um lugar ao sol, corra, mas corra muito, atrás do prejuízo, do sucesso, da carreira, do maldito Sol que é para todos. Veja o filho do Zé, nosso vizinho, o cara tem 20 anos e já é vice-presidente da maior empresa de informática do mundo". E você?

"VP? Mas ele começou lá no outro dia, como estagiário...".

"Pois é, para você ver. E você, quais as perspectivas lá na empresa?"

"Pai, tá difícil, mas fique ao meu lado. Eu nunca serei igual a você. Sei que lhe decepcionei. Sou um fracassado e, já aos 22 anos, preciso da sua ajuda!".

***Geração Z: Sucessora da geração Y. Alguns especialistas a chamam de Geração Z, uma geração que nasceu sob o advento da internet e do boom tecnológico**.

Em silêncio o pai pensa:

'Poderia dar um ombro amigo, falar palavras de conforto, afinal é o meu único filho. Mas se eu for duro ele pode se tocar e dar a volta por cima, afinal, quem me ajudou? Sou bom em tudo que fiz, estudei, batalhei, trabalhei, mal almoço ou janto para manter meus três empregos.'

Alencar começou cedo sua carreira e sempre quis ser o exemplo do profissional multitarefas. Com três empregos, jornadas de 18 horas, nunca participou de um aniversário do filho, mas sempre mandava mensagens de carinho via SMS.

O silêncio aniquilador foi mantido enquanto o pai de Bento, em passos lentos, deixou a sala. Restava ao rapaz a esperança do apoio paternal.

Depois de três meses sem ver o pai, mesmo os dois morando na mesma casa, Bento esperava uma manifestação de Alencar, mesmo que fosse um sinal de recriminação. Ele precisava saber se o pai se importava de alguma forma com seus sentimentos.

Sem uma demonstração de sentimento por parte de Alencar, a depressão foi tomando conta do jovem com feições de um adolescente recém-chegado na fase adulta. Com algumas espinhas no rosto e um corpo ainda mirrado, Bento pensou que haveria um final feliz igual aos filmes. Tinha esperança de dar a volta por cima e descobrir uma fórmula mágica de se dar bem nos negócios e ganhar dinheiro suficiente para conquistar a confiança de seu pai.

"Quando o corpo está fraco e a mente forte, podemos dar a volta por cima. O contrário não". Bento não sabia mais o que fazer e para onde correr.

Suas companhias eram de garotos mais jovens. Os rapazes da sua idade não tinham tempo para ouvir as aflições de Bento. O máximo de carinho que recebia era uma mensagem de feliz aniversário pela rede social.

E foi com a turminha de garotos do colégio que Bento foi a uma festa para descontrair e tentar curar a depressão. Bebida vai e bebida vem, ele resolveu acabar com o gosto amargo de fracasso curtido há dias dentro de si.

Hesitante, ele tomou coragem de experimentar uma nova droga sintética com efeitos colaterais ainda não testados, mas que não deixava vestígios no sangue e na urina, de ultrarrápida absorção.

A ideia era esquecer tudo o que lhe atormentava, deletar a expressão de decepção de Alencar. Emudecer as vozes de seu pai que se repetiam em sua cabeça:

"Você não parece meu filho!"

"Você não parece meu filho!"

"Você não parece meu filho!"

O efeito foi instantâneo. De repente surgiu uma roda-gigante luminosa na cabeça de Bento, com cores maravilhosas e a sensação de poder ter um pai ao lado. Enquanto cambaleava, deslumbrando o além, ele imaginou todos ao redor dizendo: Sou seu pai!

Achando ter encontrado a solução para as suas assombrações, Bento voltou para casa curtindo o 'barato' da droga, mas o pseudo-alívio não durou mais do que duas horas. Como um chicote na cabeça, veio também uma dor no peito e parte do abdome ficou dura. As veias pareciam explodir. O sangue escorria de seus olhos.

Silêncio.

As vozes sumiram e começaram as alucinações.

Seu pai lhe abriu os braços.

Silêncio.

Apenas o som da pulsação.

No compasso arterial, ele sorri.

Em meio ao silêncio, o som da batida fica mais alto.

Mais lento.

Tão lento quanto o abraço de Alencar.

Silêncio.

Ao fundo, a roda-gigante ficou embaçada, ficou preta e branca.

O pai sorri e lhe solta do abraço. Ele despenca.

Silêncio.

O sol começava a nascer para todos em mais uma manhã. Bento caiu do 16º andar, ao lado da portaria dos fundos do prédio. Ele ainda respirava quando o resgate chegou de helicóptero, em menos de 30 segundos após a chamada. Os poucos que viram o estado do suicida não conseguiram descrever a cena, embora ficasse um pesadelo para sempre.

No celular a mensagem: "Pai, você fez sua parte. Fiz a minha..."

A morte do filho abalou Alencar. Nem o fato de a sua esposa ter fugido de casa anos antes o abalou tanto.

Ele, que sempre achou Epitáfio uma musiquinha velha brega, sentimentaloide, pegou-se perguntando aos prantos no chuveiro:

"Devia ter amado mais? Ter chorado mais?"

Reflexões de como ele deixou a pessoa mais importante para um segundo plano surgiram. Agora, as reuniões eram malditas e o prazer de trabalhar tanto virou um pesadelo. Sentia-se culpado pela morte do filho e, por sua vez, culpava o trabalho. Essa invenção maldita trazida ao mundo por Adão e Eva.

"Coisas simples podem mudar um destino, manter uma vida. Que diferença faz se o seu filho é bem-sucedido ou um retardado completo: ou você o ama ou você ama, pois ele é sua obra, seu sangue, seu filho", falava sozinho dentro do potente carro.

Um dia, indo para um de seus empregos – o mais antigo –, encontrou seu empregado, Ronaldão. Um senhor de seus 52 anos, nordestino, pouco estudo, que cuidava ainda de trabalhos mais braçais de manutenção, serviços gerais. Homem de muita confiança, mas nenhum talento para criar.

Ronaldão ganhava pouco, morava longe, sofreu 25 assaltos, teve cinco mortes trágicas na família, a mais recente a de seu irmão, mutilado no latrocínio em uma estrada no interior de Minas Gerais. A tragédia ocorreu quando o irmão de Ronaldo, Rivaldo, levava seu afilhado para conhecer seus avós e foi abordado com pouco dinheiro e por usar uma camisa do Cruzeiro, levou quatro golpes de faca e um tiro de misericórdia na cabeça, desferidos por um adolescente que torcia para um outro time, que nem era de lá...

Ronaldão foi largado pela sua mulher três vezes. Teve quatro filhos e, com o passar dos anos, ganhou problemas de memória e nas articulações inferiores. Frequentador assíduo da igreja aos sábados, desde pequeno era conhecido pela disposição em ajudar e por um contagiante bom humor. Uma pessoa que consegue dar boas gargalhadas de qualquer piada ou história. É o melhor público para quem quer começar como artista ou palestrante e tem medo de ser aceito.

Com seu ar matuto de nordestino, ele sempre dizia durante as viagens no elevador: "O cabra que num consegue dar gargalhadas não é de confiança". Ele tinha razão, o riso ou sorriso pode ser falso, mas uma gargalhada não engana a sinceridade do bom humor. Ele era modesto em pessoa e não media esforços para ajudar qualquer um, apesar da nítida limitação técnica ou da inteligência normal de um empregado que estava há tanto tempo na mesma empresa.

Alencar descobriu aos poucos que Ronaldão não tinha ambição de ganhar muito dinheiro, mas ao mesmo tempo sonhar com isso também alimentava sua vontade de viver. Certa vez, enquanto estacionava, pensou: uma herança de R$ 100 mil ou uma Mega Sena de R$ 50 milhões podem acabar com a vida desse boa-praça. Eles não merecem ser ricos?

Com o semblante ainda abatido, Alencar balançou a cabeça e esboçou um leve sorriso ao lembrar-se do Natal do ano retrasado, quando deu de presente ao Ronaldão uma garrafa de vinho francês, de R$ 1.500.

Na semana seguinte, quando Alencar perguntou ao pobre e sincero Ronaldão se ele tinha gostado do vinho foi surpreendido com a resposta:

"Patrão, não é porque a gente é ignorante que precisava dar um vinho estragado, né? Tive que por açúcar pra ficar parecido com o licoroso, que tomamos só no Natal".

Acertou o outro diretor, par de Alencar na empresa, que teve a sensibilidade de dar uma tradicional cesta de natal com um simples panetone e sidra...

Mas a vida de Ronaldão mudou quando veio a triste notícia: Ele foi acometido de um raro tumor perto do estômago e ficou nitidamente enfermo. Fez quimio, radioterapia, perdeu os cabelos e o peso. Estava tão magro que muita gente que antes ria de suas piadas na empresa ou no caminho para casa, mal o reconhecia. Trabalhava três vezes por semana, quando uma pessoa amiga o trazia de carona.

O humor mudou. O corpo fraco não é páreo para uma mente forte, mas a dor insuportável e a sensação de que todos tinham tanta dó do coitado do Ronaldão agravaram ainda mais a situação. Um dia, ele não se aguentou e vomitou sangue na frente de Alencar. Ambos ficaram chocados pela cena inusitada.

Alencar, triste e culpado, viu que a morte estava chegando e lembrou-se da morte que passou há pouco tempo quando perdeu seu filho. Pensou: "Tive a última chance de fazer algo por ele e não fiz. O que posso fazer pelo Ronaldo?". Chamou-o na sala: "Cara, eu sei que parece estranho, mas queria que você me fizesse um pedido que lhe deixasse feliz".

"O doutor já tá sabendo que o médico me deu algumas semanas de vida, né?"

"Sim, mas quero ver se posso lhe ajudar ou ajudar sua família. Que tal uma boa quantia em dinheiro na sua conta? Sair para pegar umas mulheres dos seus sonhos, andar num barco em alto-mar. Quer pensar um pouco?"

Naquela noite, Ronaldão que já não dormia direito por conta das dores e do dia fatal já anunciado pelos médicos, pensou em tantos desejos, mas nenhum que fosse digno de um homem simples como ele sempre foi. Os desejos que pareciam alegrar tanto a Alencar não aqueciam o coração daquele modesto senhor.

"Quem diria! Eu que nunca consegui acompanhar a correria deste mundo e do Dr. Alencar e agora ele parece estar na minha mão. Será que peço o carrão dele? Ou uma grana preta para resolver a vida de muita gente aqui da comunidade? Já pensou? Morreria como um santo!"

No dia seguinte, Ronaldo já tinha a resposta para Alencar.

"Dinheiro ia ajudar muito, já que em vida num consegui dar conforto aos meus próximos, mas nunca tive grana e fui feliz. Tenho um desejo: quero encontrar uma pessoa da minha época do ginásio. Na verdade são treis: a Bia, o Gordo e o Chino".

Ronaldão, cansado, se sentou no estacionamento e começou a contar sua história para Alencar. "Estudei no colégio Biotel, na Zona Leste, e conheci uma garota espetacular. Nunca namorei com ela, pois sempre fui pobre, mas ela sempre foi especial. Guardei o nome completo dela e onde ela morou naquela época. Uma vez peguei o endereço dela na caderneta do ginásio para os carimbos de presença, mas nunca tive coragem de procurar ela. Eu tinha mais dois amigos inseparáveis, o Gordo e Chino. Eles animavam o colégio e todos gostavam das bagunças deles. Eles se lembrarão de mim, pelo menos espero, né, doutor?"

Surpreso com o desejo de Ronaldão, Alencar imaginou o que de tão especial esses quatro poderiam ter vivido juntos.

Alencar não tinha recordações assim de seus amigos. Sempre pressionado pelo pai para estudar e construir riqueza, assim como reproduziu com seu falecido filho Bento, Alencar entendia pouco desse assunto de amizade antiga. Não tinha amigos, os poucos que teve no passado deixou de cultivar devido à falta de tempo e compromissos com os três empregos. Tinha sim, colegas, colaboradores, clientes e fornecedores, só isso. Afinal, precisava dar do bom e do melhor para a esposa e o filho. Só esqueceu-se de dar um pouco de seu tempo e carinho. Hoje não tinha mais a esposa, que o largou pelo síndico do prédio e ainda carregava a culpa que sentia pela morte do filho. O que Ronaldão pedia para ele era, de certa forma, um pouco inatingível emocionalmente. Tinha dificuldades de entender.

"É o meu último desejo antes de morrer, pois foram amigos de uma era que já não existe mais. Não tenho condições financeiras para procurar ou pedir ajuda a alguém, mas sei que através de redes sociais podemos encontrar qualquer um hoje em dia. certo, chefe?".

Alencar largou seis compromissos profissionais importantes, que poderiam selar a sua aposentadoria, mas por algum motivo inexplicável tirou três dias e conseguiu realizar o desejo de Ronaldo. Através do *Facebook* e de *software* chamado Detetive, foi mais fácil do que Alencar imaginava.

Eles foram à escola, que ainda funcionava no mesmo bairro de periferia, e, com autorização da diretoria, Ronaldão entrou no meio da tarde, com a ajuda de Alencar e de uma muleta, no mesmo horário que tinha como intervalo nos tempos da sétima série. No pátio do colégio, ele reencontrou Gordo – agora magro –, Chino – ainda china, mas com cabelos grisalhos –, unidos como no passado e o mesmo bom humor de sempre.

"Ronaldão é da favela, mas é nosso amigão!" Relembravam aos gritos aquele coro da infância, felizes por verem o amigo, mas ressentidos pela situação em que Ronaldão se encontrava.

Lágrimas ainda não saíram, mas ele logo falou: "Puta merda, vocês se casaram, continuam entrosados?"

"O que é isso, meu! Somos amigos, mas gostamos de mulher."

Nisso, entrou em cena uma mulher linda, de meia-idade, mas com uma plástica invejável. Sim, o tempo é cruel com todos, mas os olhos verdes da Bia eram de tirar o fôlego de qualquer Ronaldão, Chino ou Gordo.

Alencar foi se afastando e deixou o quarteto reunido. Os olhos de Ronaldão ensaiaram lacrimejar, mas ele segurou.

"Nossa, eu nem tinha tanta amizade com vocês, mas, lógico que me lembro dos três", disse a musa. "Quanto tempo, hein?"

"Todos nós envelhecemos, mas o Ronaldão parece que foi atropelado por uma jamanta!", disse em tom alegre o Gordo.

"Ô, seu sem noção, o Ronaldão está com um puta câncer e vai morrer, nem que seja de rir", falou o Chino gozador.

Ronaldão, o mais calado de todos, engrossou a voz para explicar aos velhos amigos o que estava acontecendo.

"Amigos, tamos aqui graças a um cara que tá ali esperando pra me levar de volta. E sei que ele contou a vocês o que se passa. Eu não teria o acesso às redes sociais que ele tem. Nem sei mexer direito com isso. Ele conseguiu rastrear vocês e se não fosse essa bendita tecnologia não taríamos aqui. Ele é um dos meus patrões e eu devo esta a ele. Tenho um trato e vou cumpri. Não podemos trocar telefone, e-mails ou ter qualquer contato depois de hoje, o encontro é único. Mas, queria passar o mesmo tempo do intervalo e da aula seguinte, de Ciências do professor Aparício, que nóis cabuláva. Vou morrer logo, nunca mais vi nem ouvi falar de vocês, mas tinha algo a dizer antes de partir" – as lágrimas nos olhos de Ronaldo começaram a ser formar. Ele continuou.

"Vocês dois foram os caras mais porretas que conheci no ginásio e na vida toda. Sempre falava de vocês e, segui a lição de ter bom humor em tudo, mesmo quando estamos na merda. Vocês aprontaram muito aqui nesse ginásio. E você, Bia, continua maravilhosa! brigadu por ter vindo!"

Corada, mas com um ar de orgulho, Bia notou a emoção de Ronaldo e resolveu ajudá-lo no informal discurso:

"Bem, naquela época eu também não era de estudar. Repeti a sétima série e, com 17 anos, já estava noiva de um cara muito rico. Ele não quis que eu estudasse nem trabalhasse. Aos

18, casei-me e com ele tive um filho maravilhoso, que hoje tem 30 anos. Meu ex-marido, ciumento que nem uma praga, um dia envolveu-se com uma assistente de vendas e quando descobri o larguei, isso já faz mais de 20 anos. Claro que me lembro de vocês, inclusive tenho que confessar que reparava como o Ronaldão me comia com os olhos e confesso que o achava legal. Olha como a vida muda. Naquela época as garotas gostavam dos meninos que se enturmavam, que eram alegres, cabulavam as aulas para nos fazer companhia, organizavam bailinhos nos finais de semana e bastava nos dar atenção que já nos cativavam. Hoje, dificilmente um rapaz que não tenha um *i-pad* de última geração teria chance de ter essa mesma admiração, na faixa dos 12 a 14 anos. A grana conta também. Todos correm atrás dela de outra forma. A mil por hora", afirmou ela.

"Sempre achei você uma garota diferente e, apesar de inatingível, passei a vida inteira procurando uma paixão, o que não é fácil", disse Ronaldão.

"Pois é, a vida dá tantas voltas e hoje, quase 40 anos depois, estamos aqui revivendo um momento mágico."

"Amigos, tenho mais um pedido."

"Pede, cabelo de bonsai!", retrucou aos risos o Chino.

"Bia, eu queria pedir uma última coisa. Na época sempre vigiava você e sua prima, Lili, na hora do recreio. Naquela mesma cantina ali, que continua vendendo sanduba de rosbife. Vamos comer um com uma garrafa pequena de Coca? Sonhava em andar ao seu lado comendo um sanduíche, como vocês faziam. Coisa simples, mas sonhei umas 30 vezes com isso, pode apostar."

Gordo era do tipo que perdia o amigo, mas jamais uma piada:"Que coisa besta. Sonhei com as duas, mas fazendo outras coisas". Todos riram e Ronaldão, como sempre, soltou uma boa gargalhada.

Assim foram os quatro. Ronaldão ao lado da Bia, todos comendo um sanduba de rosbife e tomando Coca-Cola, rindo como nos velhos tempos do ginásio. Muitos lembram da adolescência, como um fase complexa de transição, de anseios, dúvidas, mas de como era bom ter amigos, não estudar e brincar de se apaixonar.

Ronaldão tirou um pedaço de papel de um diário que ele guardou da época do ginásio e tinha uma poesia que ele, aos 13 anos, fez para ela, e declamou um pequeno trecho:

"No dia de sua partida eu sei que vou chorar,
se há tristeza na ida, houve vida no seu ficar..."

Bia emocionou-se pelo momento típico de um adolescente que se declarava, nos bons tempos em que se pedia em namoro e a garota só dava a resposta no dia seguinte. Ela pensou: 'aos 52 anos... um gesto besta, uma poesia besta, e eu aqui, mais besta ainda, amei!'. Lágrimas escorreram pelo misto da nostalgia, pela paixão velada e agora declarada, mas principalmente por enxergar na frente um menino do passado com a sentença de morte já decretada.

Ela deu um beijo na testa do Ronaldão. "Pelo respeito que tenho pela sua linda atitude, obrigada por me procurar!"

"Fico aliviado de ter mostrado o que escrevi da minha grande paixão de adolescente e nunca pensei que mostraria ainda vivo" e Ronaldão continuou: "É um barato saber o que sentimos, ainda que tarde". Lágrimas escorreram no rosto feliz do Ronaldão. Naquela quase meia hora de recreio, lembraram ainda das brincadeiras do tipo "beijo, abraço ou aperto de mão" e Bia cantou a musiquinha da "salada mista". Bons tempos...

Após o encontro daquele dia, um milagre ocorreu na vida do Ronaldão. Os exames detectaram uma reversão no quadro e ele se recuperou a ponto de voltar a trabalhar, fazendo as mesmas coisas e com igual humor. Sua vida se prolongou por mais três anos, quando ele morreu engasgado com um sanduíche de rosbife, rindo ao lado dos amigos.

A vida também mudou para o Alencar. Agora ele pensava, sentia mais e agia menos. A perda do filho e a ajuda ao Ronaldão fizeram seu mundo desacelerar. Estaria na contramão de tudo aquilo que a sociedade exigiu dele e ele correspondia em segundos?

Alencar entendeu que às vezes um homem tem todas as condições para se perder no mundo, pois a sorte não lhe sorri.

Outros têm tudo para ser felizes, mas não o são. Falta algo. Sempre falta.

"Meu Deus! O que precisou acontecer para eu descobrir coisas simples que me dão prazer. Ajudar o outro sem ser com dinheiro, trabalhos que valem uma vida, um cliente que ficou feliz com seu trabalho simples. Para que correr tanto? Chegar aonde? Você tem três filhos e é feliz. Você tem um filho único e é feliz. Um casal sem filhos também é feliz. Você está sozinho (mas não solitário) e é feliz".

Alencar se questionava como um cara igual o Ronaldão, que andou de ônibus a vida inteira, morou na periferia e perdeu tanta gente querida, podia ser tão bem-humorado. Um homem simples que trabalhou para tanta gente rica e mais qualificada, que sempre teve um patrão, que parecia imbatível, no final da vida deu uma lição de como viver de verdade...

Boteco virtual, uma ideia inovadora

Quarta-feira, dia de Brasileirão, meio da semana e o cansaço já demonstra sua força. Nada melhor do que uma gelada para aliviar o estresse.

Definitivamente, quarta é dia de *happy hour*, além da sexta, lógico. Sexta-feira não precisa nem dizer, o dia já foi institucionalizado e devidamente oficializado como o "Dia sagrado do *happy hour*", para os mais íntimos: hh. É praticamente a extensão do expediente.

Nada melhor do que reunir os amigos para dar umas boas risadas, falar de coisas sem sentido, falar mal do chefe, de fatos irrelevantes que marcaram a semana, ver gente bonita (ou feia que fica bonita depois de umas tequilas...), ou até mesmo aquele *networking*. Enfim, o *happy hour* virou tradição e já faz parte da rotina de trabalho.

Mas, com o trânsito carregado na hora do *rush*, falta de vagas e estacionamentos e a fiscalização da lei seca, não sobrou alternativa para reunir a galera a não ser um hh por videoconferência. Todos se conectam e sem espera de mesas.

O *happy hour* virtual é uma maravilha! Cada um escolhe seu lugar de preferência. No caso dos casados a coisa ficou bem mais simples. Ficou mais fácil de convencer a patroa de que não estava fazendo nada errado. Um alívio para as esposas, que sempre imaginavam os maridos cercados de loiras polpudas servindo cervejas insinuantemente, resultado do marketing de bebidas. Imaginavam: 'Um dia ele não resiste e experimenta. Essas loiras devassas vão acabar com meu casamento'.

Já para quem quer dar uma olhada no movimento ou trocar umas ideias com as estagiárias, as possibilidades também são grandes. No boteco virtual você não precisa do garçom para levar o recado. Está certo que aquele jogo de olhares entre as mesas fica um pouco comprometido, mas para substituir o contato visual, as cutucadas! Isso, como no *Facebook*.

Se o cara está a fim de uma menina, ele tem que dar uma cutucada, curtir os olhos e caprichar na criatividade. Já as mulheres eliminaram as idas ao banheiro para retocar o *make-up* e contar umas às outras o que está rolando, basta compartilhar o que estão curtindo.

O pedido das porções no *happy hour* virtual pode ser feito pela própria internet. O sistema de entrega é eficiente. O amendoinzinho e o provolone chegam no jeito.

O único inconveniente é o banheiro. Se você passar do ponto e sujar o banheiro ainda não inventaram uma alternativa virtual de limpeza. Nesse caso, o trabalho sujo será uma realidade e vai sobrar para você. Tempos quase modernos.

Agora, ficam alguns dados atuais para você refletir em como andam seus relacionamentos sociais e familiares:

Falta de tempo x filhos

É fato que hoje nós temos menos tempo com nossos filhos. Basta dar uma olhada no passado.

Na Europa e nos Estados Unidos, de cada 100 pessoas empregadas no final da década de 1930, 94 eram homens e seis, mulheres. Hoje, as mulheres representam 35% da mão de obra. Segundo o IBGE (Instituto Brasileiro de Geografia e Estatística), mais de 18 milhões de mães brasileiras acumulam os serviços domésticos com um trabalho regular fora de casa.

Estudos norte-americanos revelaram que pais e filhos ficam menos de duas horas juntos por dia sob o mesmo teto, enquanto, trinta anos atrás, permaneciam cerca de dez horas diárias. 24% dos pais afirmam que às vezes ficam satisfeitos quando chega a segunda-feira depois de um final de semana com os filhos. Mesmo assim, segundo pesquisa do Vox Populi, 22% dos pais acham que dão às crianças mais atenção do que eles consideram adequado.

Isso me lembra daquela história de um menino que, cansado de esperar pelo dia em que o pai conseguiria tempo para lhe dar atenção, pergunta: "Papai, quanto você ganha por hora?" O pai, sem paciência, não dá muita importância. Mas o filho volta a insistir e o pai resolve responde. "Ganho R$ 10 por hora". O filho abre a mochila do colégio, conta 5 moedas de 1 real e mais 10 de cinquenta centavos e as entrega ao pai. "Economizei do lanche. Agora, você pode me vender uma hora do seu tempo?"

"Brincar com crianças não é perder tempo, é ganhá-lo; se é triste ver meninos sem escolas, mais triste ainda é vê-los sentados enfileirados em salas sem ar, com exercícios estéreis, sem valor para a formação do homem". *(Carlos Drummond de Andrade)*

Amizades x Internet

A internet tem aproximado ou distanciado as amizades? Você tem mais ou menos amigos devido à rede de computadores? Uma pesquisa feita pela Universidade de Toronto e, divulgada no Brasil pela revista Superinteressante, constatou que a internet faz você ter mais amigos – dentro e fora da rede. Na primeira década do século 21, período de surgimento e ascensão dos sites de rede social, o número médio de amizades das pessoas cresceu. E os chamados *heavy users*, que passam mais tempo na internet, foram os que ganharam mais amigos no mundo real – 38% a mais. Já quem não usava a internet ampliou suas amizades em apenas 4,6%.

Amizades Diferentes

A mesma reportagem da revista Superinteressante também fez um questionamento: então, as pessoas começam a se adicionar no Facebook e, no final, todo mundo vira amigo? Não. De acordo com a revista, a internet raramente cria amizades do zero – na maior parte dos casos, funciona como potencializadora de relações que já haviam se insinuado na vida real.

A resposta da Superinteressante para esse questionamento foi baseada em um estudo feito pela Universidade de Michigan, que constatou que o segundo maior uso do Facebook, depois de interagir com amigos, é olhar os perfis de pessoas de gente que acabamos de conhecer. Se você gostar do perfil, adiciona aquela pessoa, e está formado um vínculo. Mas um vínculo superficial.

A pesquisa aponta que as redes sociais têm o poder de transformar os chamados elos latentes (pessoas que frequentam o mesmo ambiente social que você, mas não são suas amigas) em elos fracos – uma forma superficial de amizade. Todos os estudos apontam que amizades geradas com a ajuda da internet são mais fracas do que aquelas que nascem e crescem fora dela.

"As pessoas a quem você está conectado não são necessariamente suas amigas de verdade", diz o sociólogo Nicholas Christakis, da Universidade Harvard.

Novas formas de "negócios"

Com a internet cada vez mais presente para tudo, surgiram novas formas de relacionamentos, inclusive, amorosos e sexuais. E tem muita gente ganhando dinheiro com isso. Um exemplo são os *sites* de encontros casuais. Plataformas na rede que unem – e cobram por isso – pessoas que estejam interessadas em uma aventura sem compromisso, casual. Talvez para tirar o estresse do dia a dia e, junto com outra pessoa com o mesmo objetivo, curtir horas "quentes".

90% dos encontros casuais começam através da internet. Você inscreve em um site e sabe que encontrará pessoas que estão à procura do mesmo que você.

Uma dessas plataformas apresenta-se assim para os internautas: *"Se você está em busca de encontros casuais de nível, você veio ao lugar certo. Encontros sem compromisso e aventuras quentes. Este* site *é o endereço certo para marcar o encontro casual perfeito. Encontros casuais permitem a abordagem direta, garantem a satisfação de todos e o melhor de tudo: sem compromisso. Não importa se você está procurando um único encontro inesquecível ou uma nova forma de relacionamento sem amarras e em longo prazo, este* site *coloca você em contato com pessoas que procuram as mesmas coisas que você. Este* site *oferece o anonimato e a discrição necessários para você viver suas fantasias, sejam elas quais forem".*

Vale lembrar que, diferentemente dos sites de traição, essa plataforma não incentiva a entrada de pessoas casadas. Mas, o fato é que isso era impensável tempos atrás. Principalmente, porque o portal consegue unir as pessoas por interesses e características físicas.

Compra meu filho?

Parece que cada vez mais a internet está mudando os relacionamentos entre pais e filhos. Ou, pelo menos, em alguns casos, ajudando a propagar o "não relacionamento". No dia 12 de março de 2012, o mundo foi acordado com a notícia de que uma mulher havia sido presa na cidade de Sallisaw, em Oklahoma (Estados Unidos), ao tentar vender seus dois filhos pela rede social *Facebook*. Ela cobrava US$ 4.000. A informação foi divulgada pelo jornal norte-americano “The Oklahoman”.

De acordo com o periódico, Misty VanHorn, 22 anos, foi detida por meio de denúncia. Segundo a polícia, a mãe anunciou a venda pelo *Facebook* várias vezes. VanHorn fazia duas 'ofertas': o bebê de dez meses por US$ 1.000 ou o filho mais novo e o de dois anos por US$ 4.000 (“promoção” para levar os dois).

Namoro na internet x golpe

Namoro pela internet é uma realidade do nosso tempo, mas todo cuidado é pouco. Não falta gente mal-intencionada. Uma matéria veiculada em 2011 em programa de televisão mostrou alguns casos tristes de romances que começaram pela rede. Principalmente com mulheres que buscam o parceiro ideal na “net”. “Um cara muito inteligente, bom papo, boa conversa, muito entendido de muitos assuntos”, revelava uma das vítimas.

D.F., entrevistado depois de preso, não teve a menor vergonha em mostrar como enganava a mulherada carente. “A gente começava a conversar, marcava encontro e, quando dava a oportunidade, eu furtava e ia embora”. J.P. foi seu alvo mais recente. Resultado: foi assassinada.

Solteira, ela tinha acabado de terminar um relacionamento de seis anos. “Ele começou a conquistá-la aos poucos, falando que sabia cozinhar bem, que sabia dançar, que era uma pessoa que gostava muito de casa, de cuidar de casa", conta a cunhada da vítima, L.C.G.

Depois de confessar o assassinato, D.F. revelou também nove casos em que roubou as "namoradas" que tinha conquistado pela internet. "Celulares, dinheiro, máquina fotográfica. Quando surgia a oportunidade por descuido da pessoa, eu simplesmente pegava as coisas de valor e ia embora, saía", dizia, orgulhoso.

Como na internet pode tudo, o D.F. "virtual" era um amante da cultura e da culinária japonesas. Dizia que praticava o budismo, que morava no bairro da Liberdade e que dividia a casa com um cão da raça Akita.

Divórcios x casamento

A cada ano, o número de divórcios aumenta. De acordo com dados do IBGE (Instituto Brasileiro de Geografia e Estatística), em 2012 os divórcios tinham aumentando muito nos últimos 10 anos. Só em 2010, foram registrados 243.224 divórcios, entre processos judiciais e escrituras públicas – 36,8% a mais do que em 2009. Significa que 1,8 em cada mil pessoas com 20 anos ou mais resolveu acabar o relacionamento. Em 2011, foi pior, segundo o levantamento, foram registrados 351 mil processos judiciais de divórcios, crescimento de 45,6% em relação a 2010.

No entanto, enganam-se aqueles que pensam que as pessoas estão casando menos. Assim como os brasileiros se separam como nunca, os dados do IBGE apontam que o número médio de casamentos entre pessoas a partir de 15 anos aumentou 5% em 2011 e registrou o maior índice do século. Em 2011 foram registrados 1.026.736 casamentos no Brasil.

Filhos x Modernidade

Os filhos também têm tido oportunidades de usar a modernidade em favor de estreitar os relacionamentos interpessoais dos pais. Foi o caso de uma mulher que decidiu usar uma forma inusitada para achar um namorado para a mãe. A britânica Emily Wheeler, 30 anos, em 2012 resolveu criar uma página no Facebook para atrair pretendentes para Roz Naderer, 58 anos, sua mãe.

Emily apelou para a rede após sua mãe ter se divorciado duas vezes. A página de Emily, chamada "Date mymum" (algo como "Tenha um encontro com a minha mãe"), conta com fotos de Roz Naderer em momentos com a família. "Minha maravilhosa mãe está solteira e procurando por um homem para se apaixonar. Ela teve alguns encontros com uns caras que, no fim das contas, eram mentirosos, enganadores, fedidos ou estranhos – com base nisso, eu tomei a iniciativa de ajudá-la a achar alguém", diz a descrição da página no *Facebook*. (Fonte: UOL).

Ex-namorados x modernidade

Mesmo que o homem tenha comportamento de namorado, não quer dizer que ele é seu namorado. Essa modernidade já atingiu as redes sociais, como o Facebook, que apresenta opções no *status* de relacionamento do tipo “amizade-colorida” e “relacionamento enrolado”.

Amy Muise, candidata a Ph.D. no Departamento de Psicologia Social Aplicada na Universidade de Guelph, em Ontário (Canadá), diz que estudos mostram que 80% das pessoas que mantêm contato com seus ex, o fazem através de *sites* de redes sociais. “Com todas essas lembranças do passado, pode ser mais difícil para os homens viver no presente e tornar as suas relações oficiais”, afirma Amy. (Fonte: Portal Terra).

Videogame x amizades

O videogame prejudica os relacionamentos sociais dos jovens! Pelo menos foi isso o que apontou uma pesquisa dos cientistas Alex Jensen e Laura Walker, da Universidade Brigham Young (Utah). O apontamento se baseia em uma amostra com cerca de mil estudantes universitários dos Estados Unidos.

De acordo com Laura Walker, cientista, mas fã dos videogames, infelizmente, o estudo mostrou que quanto mais tempo os jovens passam em frente aos videogames, piores são suas relações com amigos e parentes.

"É possível que isso se deva a que os adolescentes excluem-se de relações sociais importantes só para jogar ou que aqueles que têm relações difíceis buscam essa forma de passar o tempo", explicou Walker à revista "Journal of Youth and Adolescence". "O mais provável é que essas sejam duas das causas que se transformam em um círculo vicioso", acrescentou.

Acredito que devemos incentivar o desenvolvimento de novas tecnologias, avanços ultrarrápidos na medicina, toda parafernália na área de TI e de telefonia, carros mais velozes e novas tentativas de relacionamento, desde que de forma benéfica. O mau uso de tudo isso é culpa do homem, já vimos isso de longa data. Foi desde quando se inventou uma arma para se proteger de animais selvagens e o seu uso estendeu-se para agredir outro homem, por questões, como política, religião, time de futebol, poder e dinheiro. A invenção da radiação só virou bomba por iniciativa do homem. É um paradoxo, mas às vezes fica difícil viver bem sem desacelerar o mundo...

Só no Face

Segundo o psicanalista inglês, HimanshuTyagi, nossas crianças podem estar crescendo com uma visão bem diferente sobre relacionamentos. A principal causa desse problema seria o fato de os nascidos nesta época já crescerem em um mundo dominado pela internet e pelos sites de relacionamento.

Contudo, preocupante mesmo é quando ele diz que as pessoas que se acostumam com o ritmo rápido dos *sites* de relacionamento podem achar a vida real "chata e pouco estimulante". "É possível que os jovens que não conhecem o mundo sem as sociedades virtuais deem menos valor às suas identidades reais e, por isso, podem estar em risco na sua vida real, talvez mais vulneráveis ao comportamento impulsivo ou até mesmo ao suicídio", disse o psicanalista.

Porém, segundo matéria publica pela rede BBC, as afirmações de Tyagi foram contestadas por especialistas da área. Graham Jones, psiquiatra especializado no estudo do impacto da internet, reconhece que existe o risco de que uma frequência exagerada de sites de relacionamento possa levar a problemas de comportamento. Mas ele acha que esses riscos foram exagerados por Tyagi.

"Para cada geração, a experiência com relação ao mundo é diferente. Quando a imprensa surgiu, tenho certeza de que muitos a consideraram como uma coisa ruim", disse Jones.

"Pela minha experiência, pessoas que tendem a ser mais ativas nos *sites*, como o Facebook, são aquelas que já são mais socialmente ativas de qualquer forma – é apenas uma extensão do que elas já fazem", concluiuo psiquiatra.

Capítulo 3

Namoro e emprego na internet

Os dedos de Juliana pareciam incansáveis. A velocidade com que ela digitava era surpreendente. Seus olhos arregalados pareciam um mangá japonês e, através deles, era possível enxergar suas reações. Quando um gracejo virtual era correspondido, seu rosto logo corava e a alegria tomava conta de suas emoções.

Ela praticamente não tomava sol. Suas saídas se resumiam da casa para o trabalho e do trabalho para casa. A maioria dos afazeres era feita pela internet, compras, pagamentos de contas, cursos e amizades. Ela sabia como tirar o melhor da rede. A família ficava impressionada com a habilidade da moça, inclusive em redes sociais.

Mas, de uns tempos pra cá, o tempo de permanência *on-line* de Juliana havia crescido significativamente. Suas atividades não pareciam ser mais rotineiras como antes. Ju sempre foi daquelas que conseguia fazer três coisas ao mesmo tempo, mas de repente, ela passou a voltar seus olhos somente para o *Smartphone*. Se estivesse saindo do metrô, ela encostava-se a uma parede para terminar de escrever a mensagem a ser enviada. Durante as refeições os talheres eram repousados sobre o prato para poder digitar com maior rapidez. Mas, dessa vez, era diferente. Ela estava mais feliz que de costume.

A mudança no comportamento de Juliana logo foi notada por todos. Ela estava apaixonada.

Justo ela, que sempre foi reservada, passou a tirar fotos de coisas corriqueiras e encaminhá-las para seu novo namorado argentino. Chegava a ser estranho o tipo de relação entre Juliana e Ignacio. Alguns familiares não entendiam como ela conseguia ser feliz com aquilo. Mas ela era e, muito.

Eles se conheceram em um congresso de tecnologia da informação, área de especialidade profissional de Juliana. Ignacio era assessor técnico de um dos palestrantes. Durante o evento, houve apenas a troca de *e-mails* e perfis, nenhum dos dois era adepto de *happy hours* e baladinhas ou qualquer tipo de interação pública.

O casal era o que as pessoas costumam chamar de *nerds*. Ele usava óculos de lentes redondas e grandes, barba rala, costeletas e cabelos cobrindo a nuca. Ela não abria mão de sair com seu confortável e gasto *jeans* com pernas largas e All Star, modelo que agrada os argentinos. Brincos, pulseiras e anéis nunca ocuparam espaço nas gavetas de Juliana, tampouco pincéis e maquiagem. Contudo, era possuidora de uma beleza natural cativante, nada extravagante, mas daquelas que a gente vê e logo se apaixona, pela simplicidade.

Ignacio era chamado de Nacho pelos amigos. Desde pequeno, sempre foi muito tímido e amante de jogos de videogames. Seus tios, torcedores fanáticos do Boca, achavam estranho o comportamento do rapaz na fase de adolescente. Nascido e criado na província de Córdoba, o fato de Ignacio nunca ter aparecido em casa com uma namorada entortava os olhos dos parentes, católicos tradicionais. Mas, o que poucos sabiam, é que o jovem temia não ser compreendido pelas meninas da sua idade, que gostavam mais dos rapazes que preferiam jogar futebol, com aparência atlética e maior popularidade entre os jovens. As meninas nessa idade sempre sonham com os líderes. Aqueles que se destacam.

O medo da rejeição levou Nacho a trancafiar-se no quarto com seu melhor amigo: o computador.

Foi na rede que Ignacio encontrou seus melhores amigos, descobriu sua área de atuação e se tornou membro de destaque nos fóruns de discussão tecnológica da Argentina, atraindo a atenção de uma empresa multinacional que detectou o talento potencial do latino-americano.

No país vizinho, Juliana teve experiências de relacionamento pela internet, todas até então malsucedidas. Como ela costumava falar: "gente chata". Mas nem por isso, ela desacreditara da possibilidade de encontrar alguém interessante pela rede. Desde os tempos do Mirc, um dos primeiros comunicadores instantâneos popularizados da internet, sucesso entre os adolescentes da década de 1990, ela mantém suas amizades no campo da superficialidade e a quilômetros de distância.

O medo de ser enganada por algum louco que se esconde atrás do computador nunca foi uma carta fora do baralho de Jujus, apelido usado na internet. Mas ela tinha plena convicção de que, como ela, existiam pessoas que não achavam graça em sair para dançar ou beber em público e que poderiam se encontrar virtualmente com corações abertos e dispostas a encarar um relacionamento honesto, a partir da internet. Ora, ela conhecia milhares de histórias de sucesso de casais que começaram a se relacionar pelo MSN, Orkut e, mais recentemente, pelo Facebook.

'Comigo será melhor e mais emocionante', pensava.

Juliana era superconectada e independente. Apesar de sua busca solitária e silenciosa por um companheiro, seu principal objetivo de vida nunca foi se casar e ter filhos, sua carreira estava sempre em primeiro lugar. Seus amigos já tinham descartado há tempos a possibilidade de ir à festa de casamento.

Um dia, meio sem querer, Juliana e Ignacio se esbarraram no saguão do Hotel Unique, em São Paulo, durante um congresso internacional de tecnologia da informação.

"¡Perdón!"

"Cuidado! Olhe por onde anda."

Enquanto falava, ela discretamente reparou no Smartphone de última geração do rapaz, que caiu no chão. Ignacio percebeu, que além do celular, Juliana havia lhe olhado como nunca uma mulher o havia feito antes. Foi rápido, mas intenso. Dentro dos olhos, um encanto instantâneo pelos olhos azuis por trás dos óculos estilo década de 80.

Ele tinha razão, o esbarrão não foi o que mais casou impacto em Juliana, mas ela o tinha achado um "carinha fofo".

'Ele falou com sotaque, de onde será que ele é?', pensou Juliana.

A partir dali, a moça passou a observar os movimentos do rapaz e queimou os miolos para tentar uma aproximação, afinal, ela não era especialista em contatos e relacionamentos pessoais. Não demorou muito para ela relacionar a figura do estrangeiro com a do palestrante argentino no evento principal da noite no congresso, logo ela desenvolveu grande interesse e várias dúvidas sobre tecnologia de suporte à decisão, tema da palestra do chefe de Ignacio.

O contato com o professor e seu assistente em função de tantas dúvidas e interesses foi natural e a troca de *e-mails* foi instantânea. E como um *e-mail* leva ao outro, em dois dias os contatos eram pessoais. Agora a conversa não era mais entre Juliana e Ignacio, mas de Jujus e Nacho.

A mãe de Juliana, corintiana roxa e profunda conhecedora da rivalidade no futebol Brasil e Argentina, não se conformava com o novo comportamento da filha, que apesar de não ser mais nenhuma adolescente, ainda era a sua menininha.

"Ju, mas o que é isso? Você está tirando foto do seu prato e enviando pela internet?"

"Relaxe, mãe. É pro Nacho. Ele é tão lindo."

"Mas você tirou foto de um prato de feijão e arroz?"

"Mãe, você sabia que na Argentina eles não comem feijão?"

"Só sei que em 78 eles ganharam a Copa... mas o Passarela e o Kempes jogaram muito mais que os nossos Cerezo e Dinamite".

Eram fotos de coisas cotidianas, como pratos de comida, muros grafitados, gavetas com objetos pessoais e tudo o que chamava a atenção de Juliana. Fotos da sua rotina, da sua intimidade, do caminho que percorria, do quarto onde dormia. Tudo isso preocupava Dona Denise, mãe de Juliana. Para ela, a filha estava se expondo demais para um desconhecido. Quem seria esse rapaz? O que faria? Como seria a sua família? Argentinos?

Enquanto isso, a família de Ignacio comemorava a relação, que, mesmo sendo virtual, já era alguma coisa. Eles achavam a brasileira *muy linda*. Mas, corintianos? A decisão da Libertadores de 2012 já era passado...

"Enfim esse menino desencalhou", pensavam.

Todos os dias os dois conversavam por horas pela internet. Mesmo em países e idiomas diferentes os dois fortaleciam o namoro.

Juliana conquistou todos os familiares de Nacho com sua simpatia virtual e logo se comprometeu em fazer uma caipirinha para *los hermanos* e aperfeiçoou a pronúncia do *¡Hola!* ¿Qué tal?

E felizmente a crença de Juliana estava certa. Existia sim a possibilidade de um namoro real no mundo virtual. Juliana e Ignacio provaram para suas famílias que é possível conhecer profundamente alguém pela internet e que o perigo e a falsidade estão presentes tanto no mundo virtual quanto no real. Não é preciso estar atrás de um perfil falso para mentir uma vida que não existe e ser alguém que não se é.

Depois de anos teclando com tantas pessoas, Juliana adquiriu um *feeling* apurado para pessoas falastronas. O que Dona Denise não imaginava é que sua filha tinha muitas reservas e que, ao contrário da grande maioria de usuários das redes sociais, ela não expunha sua vida e sua rotina para qualquer um.

A decisão de compartilhar fotos e detalhes da sua vida com Nacho era o amadurecimento de uma relação que ela queria levar adiante.

Juliana fez pesquisas no Google sobre Ignacio e descobriu que ele era um profissional respeitado em sua área de atuação e trabalhava há anos com o renomado professor de uma universidade na Argentina. Enquanto ela mandava suas fotos, ele revelava seus segredos e medos com a sua primeira namorada.

A distância ajudou Nacho a administrar o namoro e sua timidez. Aos poucos ele venceu o medo da rejeição e passou a se sentir amado por uma pessoa que jamais imaginaria, além de perceber a aceitação dos familiares que tanto lhes criticaram.

A autenticidade balizou o namoro da brasileira e do argentino, nenhum dos dois nunca fingiu ser alguém que não era ou ter algo que não lhes pertencia. Nenhuma das fotos era tratada por Photoshop. Muito ao contrário, quando Juliana não se sentia bem ou sofria com a saudade do namorado, ela tirava as fotos com sua calça de pijama de flanela e uma camiseta promocional de uma feira de tecnologia. Eram sinceros. O relacionamento acabou em casamento. A mãe de Jujus se rendeu: "Mães são as únicas mulheres sempre reverenciadas nos tangos argentinos!"

Festa simples, feita no Brasil e transmitida ao vivo, on-line, para aqueles parentes de Ignacio que não puderam vir e, obviamente, com alguns vestindo a camisa do time do coração...

O emprego é seu

O jornal do domingo ainda publica o caderno dos classificados. Sem dúvida o serviço auxilia muitos a encontrarem uma colocação no mercado de trabalho. Segunda-feira muita gente saía com o jornal debaixo do braço à procura de emprego, mas nos últimos tempos a internet se tornou aliada dos trabalhadores e, também dos empregadores. Do papel para a tela, as vagas de emprego se proliferaram pelos sites de colocação profissional. Os currículos *on-line* estão cada vez mais dinâmicos e buscam de tudo para se destacarem na multidão.

Há aqueles que colocam até *hobby*, por mais estranho que ele seja. Certo dia um candidato a uma vaga de contador em uma empresa de consultoria de marketing empresarial citou um *hobby* no mínimo estranho: contar a quantidade de pessoas dentro do vagão no metrô na hora em que vai trabalhar.

Adalberto é um empresário bem-sucedido na capital do Espírito Santo. Ele resolveu expandir seus negócios e estava à procura de um gerente qualificado para liderar o plano de expansão. Precisava de um profissional de engenharia com especialização em administração, mas com conhecimentos de legislação e marketing. Alguém com espírito empreendedor e capaz de lidar com adversidades que não fossem ainda de conhecimento da empresa. Adalberto buscava um braço direito para lhe acompanhar nesse novo caminho de sucesso que planejava há algum tempo. Estava ansioso por encontrar essa pessoa. Mas, com um pouco de medo de não achar ninguém que lhe agradasse.

As necessidades da empresa criaram um filtro natural de candidatos. A equipe de RH sabia que precisaria de um profissional especializado e com quatro formações. Uma pessoa já experiente em desenvolvimento de projetos, gestão, vendas técnicas e leis, disposta a trabalhar 19 horas por dia, inclusive nos finais de semana. Em contrapartida, a remuneração seria gratificante e recompensadora.

O empresário capixaba sempre foi adepto das soluções tecnológicas para lhe auxiliar no trabalho. Em rápida pesquisa, ele encontrou um *site* de colocação profissional, recomendado por empresas de setores diferentes, com alto índice de aproveitamento de candidatos. Ele não pensou duas vezes. Contratou o serviço para lhe auxiliar na procura do colaborador desejado.

Em busca do braço direito no século 21

Instantes depois, a vaga já estava divulgada para profissionais do mundo todo. O perfil e os requisitos eram de conhecimento de todos. Seria só uma questão de tempo.

Não demorou 24 horas para Rogério descobrir a oportunidade no seu *e-mail*. Boa pinta, terno feito em alfaiate, camisa com abotoaduras, relógio suíço e um currículo de dar inveja. Fez apenas uma entrevista de idiomas, via Skype, através de uma bateria que durante sete minutos fez perguntas em cinco idiomas distintos, todas respondidas corretamente por Rogério.

Três faculdades de primeira linha. Pós-graduação em comunicação empresarial. Dois MBAs no exterior. Sete idiomas, incluindo mandarim. Experiência em fusão de empresas no ramo de alimentos, produtos químicos, informática e medicamentos sintéticos. Um profissional mais do que gabaritado para assumir o cargo e à disposição no mercado. Adalberto não perdeu tempo e ligou para o candidato.

"Alô!"

"Bom dia, eu gostaria de falar com o Sr. Rogério."

"Sim?"

"Olá, aqui quem fala é Adalberto, do Espírito Santo, tudo bem?"

"Olá, tudo ótimo. Que honra falar diretamente com o senhor."

"Fiquei impressionado com o seu currículo e quis falar com um dos participantes da grande fusão de empresas do setor de alimentos."

"Que isso..."

"Mas, me diga, você está trabalhando?"

"No momento estou entre São Paulo e Cingapura, fazendo consultorias, mas achei o seu projeto de expansão incrível e gostaria de participar de mais um grande marco na história da indústria brasileira."

"Não é para tanto, é um grande passo para a nossa empresa, mas não imagino que causaremos um impacto nacional, pelo menos não nesse primeiro momento."

"Eu visualizo grandes oportunidades, inclusive seria um prazer conversar pessoalmente com o senhor."

"E quando você pode vir pra cá?"

"Deixe-me ver, minha agenda está livre amanhã. Pode ser?"

"Claro, estarei lhe esperando para almoçarmos."

"Muito obrigado pelo convite."

"Não há o que agradecer. Traga sua proposta de remuneração, ok?"

"Ok. Depois acertamos."

"Até amanhã."

"Até."

Adalberto pensou de forma ingênua "Me pareceu um diálogo incompatível para o nível do candidato, mas amanhã, cara a cara eu irei me impressionar com o rapaz!".

Adalberto estava encantado com o resultado tão rápido e com o profissional, muito além das suas expectativas. Sua secretária, Dona Marlene, que lhe assessorava há mais de 20 anos, notou a felicidade de seu patrão e perguntou-lhe o motivo de tanta alegria.

"Mas, *Seo* Adalberto, o senhor entrevistou o rapaz? Conferiu as informações do currículo dele?"

"Não, Marlene, eu o encontrei naquele *site* que contratamos, não lhe falei que desta vez iria inovar no processo de recrutamento? Foi bom. Parece que encontrei a pessoa perfeita."

"Sim, mas não imaginei que a inovação fosse tanta. Para mim nada substitui o olho no olho, aquele palpite que a gente tem quando sente o nervosismo do candidato, o brilho nos olhos dos candidatos."

"Pois é, Marlene, isso é tecnologia. TEC-NO-LO-GIA! Vá se acostumando a esse novo mundo. Agora é tudo mais veloz. Porque tempo é dinheiro. A gente posta a vaga, chega o currículo e contrata. Nada de ficar conversando com um candidato e perdendo tempo de produção. Por falar em dinheiro, teremos que antecipar o bônus dele, pois ele está empregado e tem uma multa rescisória bem salgada."

"Nossa, *Seo* Adalberto, quantas pessoas o senhor já me chamou aqui para observar na entrevista? A equipe de diretores sempre foi entrevistada diretamente pelo senhor. Lembro-me perfeitamente da entrevista com o Jair do financeiro, ele era tão novinho."

"Foi a senhora que me convenceu a escolhê-lo, lembra?"

"Claro, jamais me esqueceria daquele dia. Ele era recém-formado, não tinha experiência. Suava à beça."

"Não acreditei que a senhora tivesse optado pela contratação dele, em vez do outro candidato. Ele mal sabia dar o nó na gravata."

"O engomadinho não me inspirava confiança, algo imprescindível, principalmente para o departamento financeiro."

"E a senhora estava certa. Já faz quanto tempo que o Jair está conosco?"

"Não sei, ele já usa o *button* comemorativo dado aos funcionários com 10 anos de casa."

"Adorei aquele broche. Esse pessoal do marketing inventa cada uma..."

"Mas, então, *Seo* Adalberto, voltando ao rapaz. É de onde?"

"São Paulo e Cingapura!"

"Ele largará tudo em dois grandes centros de negócios para vir pra cá?"

"Qual é o problema?"

"Nenhum, mas ele trabalha, tem família, é casado?"

"Não sei, Dona Marlene, isso não é problema meu. Ele viu a vaga, interessou-se e se candidatou. Eu gostei e pronto. Simples assim. Rápido."

"Ele já discutiu as condições, regime de trabalho?"

"Não, amanhã conversaremos sobre isso."

"Ele tem família aqui? Onde vai morar?"

"Eu sei lá, Dona Marlene, isso não é da minha conta. Deixa disso e vamos trabalhar, vamos!"

Dona Marlene era conselheira de Adalberto e não estava tão confiante em relação ao novato quanto o seu patrão. Ela não tinha nada contra a tecnologia, mas não estava confortável com a ideia de trabalhar com alguém de quem sabia pouco sobre sua vida.

No dia seguinte, o almoço foi cancelado por Rogério. Ele contou ao Adalberto, via celular, algumas histórias de empregos antigos e estava pronto para assumir o novo cargo e uma grande empreitada. Adalberto ficou surpreso de como Rogério, além de muito preparado, respondia exatamente o que ele esperava. Não titubeou em lhe adiantar um bônus de R$ 400 mil e boas mordomias.

Quatro meses depois, o projeto de expansão da empresa de Adalberto estava a todo vapor, com muitas questões em análise e um conflito entre os departamentos de planejamento, operacional e o jurídico. O impasse interno já havia gerado um atraso de dois meses no cronograma inicial. O empresário estava tenso com a situação, pois muitos negócios estavam em jogo. O tempo corria, o dinheiro saía e o projeto andava a passos de tartaruga.

“Isso é inadmissível! Como uma empresa com profissionais de ponta pode patinar tanto?”

Inconformado com a situação, ele foi checar pessoalmente o entrave que colocava seus negócios em risco. Ao pedir um relatório com um parecer sobre o projeto ao seu departamento jurídico, Adalberto se deparou com erros grotescos que jamais poderiam ocorrer. Qualquer pessoa com a mínima formação de administração teria feito diferente. Havia relatórios bem-escritos, com gráficos e desenhos feitos em programas de última geração, mas pareciam "enrolation".

"É impressão minha ou perdemos um prazo de entrega de certidões?"

"Sim, alertamos a equipe de planejamento, mas o Rogério não observou isso. Parece que não entendia o que eu falava."

"Como assim, não observou? Sem a entrega deste documento... espere um minuto. Este relatório mostra outras pendências."

Nervoso, ele pega o telefone e busca explicações.

"Dona Marlene, chame o Rogério aqui na minha sala agora!"

"Pode deixar."

Dona Marlene conhece Adalberto o suficiente para saber que o dia será longo e tenso.

"Ele não está na empresa."

"Ligue no celular!"

"Está na caixa postal."

"Pra que carrega essa porcaria, se não atende? Se não atendeu no corporativo, tente no pessoal."

"Já fiz isso, está fora de área."

Adalberto abriu a gaveta e sacou o remédio para pressão. Na sala ao lado, o sexto sentido de Marlene dizia que existiam outras coisas erradas, além do cronograma do projeto.

Sua desconfiança em relação ao Rogério sempre foi latente. Diante do que estava acontecendo, resolveu procurar na internet mais informações sobre o profissional e não foi surpreendida ao encontrar o perfil do executivo em uma rede social.

"*Seo* Adalberto, desculpe interromper sua reunião, mas o que eu tenho para lhe mostrar pode explicar muita coisa."

"Pode falar."

"Eu acabei de colocar o nome completo do Rogério no Google e o que eu encontrei foi o perfil de outra pessoa."

"Como assim? Um homônimo?"

"Não, *Seo* Adalberto, creio que seja o verdadeiro Rogério e este que o senhor contratou está nos enganando. Veja o currículo dessa pessoa no LinkedIn."

"Mas, este não é o Rogério!"

"Meu Deus! E quem é este rapaz que contratamos? Como ele enviava relatórios de alto nível e em vários idiomas?"

- Ao que tudo indica, o senhor contratou uma fraude, caiu no 171*on-line*. Lembra que ele nunca respondia de bate-pronto e depois vinham por escrito *memos* impecáveis? Alguém o auxiliava nos trabalhos. A entrevista em vários idiomas também teve alguém com experiência em tradução simultânea. Ele veio preparado para dar o golpe...

De mentirinha

Definitivamente, as mulheres podem ter problemas com a idade. As mais novas querem mostrar maturidade e buscam aparentar ser mais velhas. Do outro lado, estão as mais maduras que temem admitir os anos que já viveram e tentam esconder as linhas do tempo, que deveriam significar sabedoria, como nas sociedades orientais.

Não que esse seja um problema de gênero, os homens também sofrem com as crises de identidade, mas elas são mais pontuais. Depois que os tão sonhados 18 anos chegam e, com eles, a carta de motorista, as preocupações com a idade só vão aparecer novamente lá pelos 40, afinal o homem que desacredita na crise da meia-idade ainda não ultrapassou a fronteira dos 39 anos.

Até pouco tempo, as ferramentas anti-idade eram fornecidas só pelas empresas de cosméticos e por centros cirúrgicos, mas nas últimas décadas as pessoas ganharam duas poderosas armas: Photoshop e a internet.

As gambiarras femininas para "dar um tapa" no visual chegam a ser bizarras. Além de enchimentos, bojos, meias e cremes, o arsenal da beleza parece um laboratório do Professor Pardal. Fita crepe, alfinete, grampo e por aí vai. Mas para felicidade geral da Nação e do mundo, eis que a Adobe lançou o rei absoluto da beleza: o Photoshop. Nele você fica maravilhosa.

Só é feio na internet quem quer. O Facebook é a prova disso.

Yolanda é uma mulher que, por onde passa, chama a atenção. Com seus 43 anos possui um corpo de dar inveja a muitas menininhas de 20. Frequentadora assídua da academia, dedica diariamente duas horas do seu tempo com levantamento de peso e modelagem do corpo. O movimento de homens na academia até aumenta no horário em que ela treina.

Certo dia estava treinando e, ao passar rumo ao bebedouro de água, ouviu dois rapazes de mais ou menos 25 anos comentando:

"Olha, essa belezura é minha fonte de inspiração."

"Sabe que eu penso a mesma coisa? Quando a vejo treinando até aumento meu peso. Preciso crescer logo para pegar uma dessa."

Sem ela saber por quê, o dono da academia até lhe ofereceu uma promoção para ela frequentar outras modalidades e permanecer mais tempo no estabelecimento.

Vítima da sua própria vaidade, Yolanda não admitia envelhecer e relutava ao máximo contra os sinais do tempo. Divorciada, ela aproveitava seu tempo para cuidar de si. Comprava sapatos, roupas e acessórios semanalmente para manter-se nas tendências da moda.

Yoyo, como era chamada pelas amigas, adorava ir aos barzinhos e baladinhas frequentados pelos seus filhos Jorge e

Ricardo, um de 22 e o outro de 19. Ganhou um concurso da bela da noite no Bar C. Ed. Aos finais de semana, ela voltava a ser uma menina. Para manter as aparências, publicava fotos com os amigos dos filhos como se fossem do seu ambiente.

As amigas de Yolanda, algumas já avós, se surpreendiam com tanta disposição e algumas histórias da vida da amiga.

O fato é que para manter as aparências de mulher descolada, ela exagerava ao publicar suas fotos. Sempre impecável, era impossível detectar qualquer linha de expressão no rosto da jovem senhora. O uso demasiado de Photoshop já era de conhecimento público, afinal era impossível uma mulher com a idade de Yolanda aparentar ter 20 anos.

"Filho, quem é essa mulher na foto com vocês?"

- Ah, é a Yoyo, mãe do Rico, ela está sempre na balada com a gente. No começo era esquisitão saber que tinha uma mãe no meio da galera, mas depois vi que ela era mais maluca que a gente. Ela se orgulha de uma foto tomando um Montes Alpha M em pleno almoço de segunda-feira!

A pergunta foi feita por Ana Rita, amiga de Yolanda nos tempos em que era casada. Seus respectivos maridos sempre trabalharam juntos e os filhos dos dois casais estudaram na mesma escola até a faculdade. Ana Rita sabia que as atitudes de Yolanda não eram compatíveis com as de uma mulher da sua idade. Intrigada, ela resolveu dar uma olhada no perfil da rede social da amiga e a surpresa foi ver Yolanda, que nunca foi de viajar para o exterior, em frente a Coliseu, Torre Eiffel, Taj Mahal, Xangai, Madagascar, Sidnei e Dubai. Ana Rita era psicóloga e logo observou em Yolanda a utilização da internet como fuga, um local em que ela mostrava ser alguém que ela não era.

Os locais postados por Yolanda eram copiados do perfil de uma jovem universitária que fazia um "mochilão" pelo mundo. Habilidosa no Photoshop, ela sempre dava um jeito de inserir uma foto sua em algum lugar diferente.

Preocupada com o comportamento de Yolanda, Ana Rita resolveu reaproximar-se da amiga para oferecer ajuda. No entanto, Yoyo não fez questão de manter o contato com alguém da sua idade, pois isso poderia queimar o seu filme no meio da galera. Vai que aquele "gatinho" de 27 anos descobre sua verdadeira idade...

Do bem

Gisele sofria de uma doença degenerativa desde que nasceu. Desacreditada pelos médicos, sua mãe achou que perderia a filha logo na primeira infância.

Contrariando os especialistas, Gisele teve uma infância saudável e aproveitou a vida como qualquer criança, mas o mal que lhe acometia sempre foi um fantasma na vida de sua mãe.

Foi na tarde de uma quinta-feira, na volta da escola, aos 16 anos, que um primeiro sinal do que estava por vir surgiu na família. Gisele sentiu uma pontada nas pernas que a derrubou. Desde então seus dias nunca mais foram os mesmos.

Aos poucos, ela perdeu a mobilidade e passou a depender de equipamentos para se locomover. Em seguida, já não podia mais andar e passou a receber cuidados do serviço hospitalar em casa, o *home care*. Mas a adolescente não deixou de acreditar no futuro e na possibilidade de curtir a vida e fazer novas amizades.

No dia em que precisou levantar recursos para comprar um equipamento importado caro ela não se abateu com a necessidade e não teve dúvida em usar a internet para ajudá-la no desafio. Gisele aproveitou sua popularidade e carisma na rede social e angariou fundos suficientes para trazer da Alemanha o aparelho caríssimo que lhe auxiliaria no convívio com a doença.

E mesmo com a impossibilidade de locomoção, a jovem se divertia e promovia encontros com os amigos em sua casa. Aos poucos, o movimento dos braços foi perdendo força, mas em nenhum momento ouviu-se reclamações ou murmúrios.

Gisele fez um pedido à sua mãe: Um Smartphone de ponta. O motivo? Internet.

Gisele conseguia utilizar os dedos para digitar e a tecnologia TouchScreen facilitava a navegação. Sempre ciente do que estava acontecendo com o seu corpo, ela colocou como meta da sua vida aproveitar o tempo intensamente e isso não dependia do local em que estava fisicamente, mas do seu estado de espírito e de uma boa internet com banda larga.

Sucesso no Brasil

O acesso às redes sociais no Brasil é tão grande que, no primeiro semestre de 2013, quando eu realizava a pesquisa para este livro, 91% dos brasileiros com acesso à internet tinham perfis em alguma rede social. Como base para comparação, na mesma época, apenas 69% dos americanos que usavam a internet tinham perfis em rede social. Cada brasileiro tem em média 273 amigos conectados.

O Brasil também foi o país que mais cresceu em número de usuários do Facebook desde 2011. Com isso, o País se tornou o segundo em número de perfis, atrás apenas dos Estados Unidos.

No fim de 2011, o Brasil tinha 35,1 milhões de usuários. Um ano depois, o número chegou perto de dobrar e foi para 64,8 milhões. Ou seja, um em cada três brasileiros tem perfil no Facebook, mais que o dobro da média mundial.

No mundo

Em todo o mundo, o Facebook já ultrapassou a marca de 1 bilhão de usuários ativos por mês. Ou seja, em cada sete pessoas, uma está conectada à rede social. Para ter uma ideia da magnitude desse número, se fosse uma nação, o Face seria a terceira maior população do mundo, perdendo apenas para a China (1,32 bilhão) e Índia (1,20 bilhão) e, representando mais que três vezes a população dos Estados Unidos (318,3 milhões). A média de idade do usuário do Facebook é de 22 anos. No entanto, cresce o número de idosos na rede, já são mais de 4% de pessoas acima de 65 anos.

Haja informação

A Gauge, consultoria especializada em inteligência digital, divulgou, em fevereiro de 2013, um estudo sobre o perfil dos consumidores brasileiros no Facebook. Segundo a pesquisa, 54% dos usuários do Facebook no Brasil são mulheres, que, por sua vez, postam 40% a mais do que os homens. Ou seja, além de falar mais, elas também postam bem mais.

Redes sociais x amigos

Uma pesquisa realizada em abril de 2013 pela VitalSmartes, empresa de treinamento corporativo, mostrou que as redes sociais podem acabar com as amizades. Segundo o levantamento feito com 2.698 internautas, dois em cada cinco usuários cortaram relações reais após uma briga virtual, aqueles desrespeitos insultos mais rudes, na maioria das vezes, feitos pelo Facebook e pelo Twitter. Um fato curioso do levantamento é que as pessoas são mais mal-educadas on-line do que ao vivo. Ou seja, a coragem que nasce em frente à tela e ao teclado geralmente é mais cruel do que pessoalmente, o que nos leva a fazer coisas das quais depois podemos nos arrepender. Isso explica o mal estar depois de enviar alguns emails aos colegas de trabalho ou a clientes.

Mas o fato é que as consequências das grosserias virtuais têm sido cada vez mais levadas a sério por todos. Em 2013, o jogador de futebol Joey Barton, britânico, do Olympique de Marseille, foi convocado pelo comitê de ética da federação francesa após chamar o zagueiro brasileiro Thiago Silva, do Paris St. Germain, de "travesti acima do peso" no Twitter.

Outro fato que ganhou muita repercussão foi o do boxeador Curtis Woodhouse. Ele foi amplamente elogiado após ter rastreado uma pessoa no Twitter que o chamou de "desgraça completa" e uma "piada", indo até a casa do autor das críticas para cobrar um pedido de desculpas. As pessoas estão mais intolerantes com as ofensas via redes sociais. Isso, certamente, também se deve à importância que elas têm ganhado em nosso corrido cotidiano.

Redes sociais x adolescentes

Durante a convenção anual da Associação Americana de Psicologia, em 2011, Larry D. Rosen, professor de psicologia na Universidade da Califórnia, apresentou um estudo de como as redes sociais podem tanto ajudar, como também prejudicar nossas crianças.

Como pontos positivos dos adolescentes nas redes sociais, o estudo apontou que os jovens que passam mais tempo no Facebook melhoram a sua capacidade de "empatia virtual" comparados com outros utilizadores. Além disso, as redes sociais ajudam adolescentes introvertidos a aprender como ser mais sociais através da "segurança" dos ecrãs, incluindo Smartphones, *tablets* e computadores.

Já os pontos negativos levantados não são nada animadores. O estudo do professor Larry mostrou que adolescentes que utilizam Facebook com maior frequência demonstram mais tendências narcisistas, além de sinais de agressividade. Uma excessiva utilização de tecnologia tem um efeito negativo na saúde dos adolescentes, tornando-os mais propensos a ansiedade, depressão e outros distúrbios psicológicos. Além disso, a utilização de Facebook é uma distração que pode prejudicar o processo natural de aprendizagem. Outros estudos revelaram que os alunos que visitaram o Facebook pelo menos uma vez num período de estudo de 15 minutos tiveram notas mais baixas do que aqueles que não tinham esse hábito.

Eu sou feio? Será?

Seu amigo é mais bonito que você. Pelo menos foi isso que apontou dois estudos alemães sobre o Facebook. Os estudos realizados com 600 pessoas pela Universidade Humboldt, de Berlim, e pela Universidade Técnica de Darmstadt mostraram que a rede faz os usuários se sentirem horríveis depois de navegarem pelos perfis dos amigos. A inveja é o principal sentimento causado pelas fotos dos colegas em momentos felizes. Afinal, no Face raramente vemos alguém triste ou com problemas.

Segundo informações do diário Daily Mail, um terço das pessoas teriam se sentido mal depois de olharem comentários, *posts* e imagens no Facebook. De acordo com os pesquisadores, pessoas que passam muito tempo em redes sociais correm mais risco de se isolar socialmente e de ficarem deprimidas. O que os pesquisadores não conseguem responder ainda é se as pessoas que se sentem solitárias entram em redes sociais para se integrar um pouco ou apenas para arraigar sua solidão. Eles descobriram também que pessoas com trinta e poucos anos eram mais propensas a invejar a felicidade familiar, já as mulheres são mais propensas a invejar a atratividade física. É o caso daquela moça que dá uma espiadela só para ver se a chapinha da vizinha está melhor que a sua antes de sair para a balada.

Por que está fugindo?

Veja como nosso mundo está mudado. Você pode deixar de conseguir um emprego por não estar em uma rede social. Estudos feitos nos Estados Unidos e na Alemanha provaram que grande parte das empresas acredita que é "suspeita" uma pessoa que não participa de nenhuma rede social.

Na revista alemã Der Taggspiegel, os casos do atirador James Holmes – do cinema norte-americano em que era exibido o filme Batman – e o do assassino Anders Behring, responsável por um atentado na Noruega em 2011, que não tinham perfis no Facebook, são usados como exemplos para justificar a teoria de que "pessoas comuns têm perfis em redes sociais".

Já o site da famosa revista Forbes, dos Estados Unidos, revelou que, em pesquisa feita com os administradores de setores de recursos humanos de grandes empresas, foi possível perceber que eles estão cada vez mais "com um pé atrás" com pessoas que não possuem conta em nenhuma rede social. Informações do diário Daily Mail.

Caro internauta, o emprego é seu

Está procurando emprego? Vá para o LinkedIn. Uma pesquisa feita pelo site de relacionamentos LinkedIn, com 226 recrutadores, revela que 42% consideram a rede social como principal fonte para boas contratações. A pesquisa confirma a tendência já anunciada por outro estudo publicado recentemente no Brasil. Um levantamento feito pela Robert Half, que ouviu 2.525 profissionais em 10 países, entre abril e maio de 2012, apontou que o currículo convencional enviado por e-mail está com os dias contados e deverá mesmo ser substituído pelas redes sociais, como o LinkedIn e o Facebook. O mesmo estudo aponta que 44% das companhias brasileiras usam redes sociais para avaliar candidatos a colaboradores. Brasil e a Itália são as nações em que os empregadores são mais influenciados pelas redes sociais na hora da contratação. Ou seja, é bom você estar em uma rede social e pensar bem antes de tudo o que posta.

Uma espiadinha antes de contratar

37% dos responsáveis por contratação nos Estados Unidos admitem olhar os perfis dos candidatos nas redes sociais antes de decidirem pela contratação. O dado consta de uma pesquisa do CareerBuilder, site especializado em carreiras. Metade dos contratantes diz que faz isso para tentar identificar se os candidatos se enquadram na cultura da empresa; também metade diz olhar para saber mais sobre a qualificação dos profissionais. Agora, imagine se aquela pessoa que costuma postar várias palavras erradas, sem a menor atenção na escrita, está sendo avaliada para um cargo que necessita que se escreva bem. Hoje, todo cuidado é pouco.

Outra pesquisa internacional, feita pela Jobvite, empresa norte-americana do mercado de recrutamento, mostrou números impressionantes sobre o assunto. Entre os profissionais que atuam na área de recursos humanos, 92% deles pretendiam utilizar as redes sociais para contratação. Ao todo foram entrevistados 825 profissionais de recursos humanos em diferentes países. A pesquisa revelou, ainda, que 78% usam o LinkedIn; 55% usam o Facebook; e 45%, o Twitter.

CEOs e a rede

As redes sociais até servem como plataforma para verificação de informações sobre os colaboradores, mas no que se refere aos CEOs, alta cúpula das empresas, esse meio não tem o menor atrativo para a maioria. O site CEO.com fez uma pesquisa com os CEOs citados na Fortune 500 (edição da revista que faz um *ranking* dos melhores dirigentes de empresas) e descobriu que 70% desses executivos não têm rede social. Entre os que decidiram aderir a alguma rede, o LinkedIn é o que faz mais sucesso, 25% dos CEOs mantêm um perfil no serviço.

Redes sociais x desemprego

Uma enfermeira da UTI (Unidade de Tratamento Intensivo) do Prontolinda Ltda., em Olinda (PE), foi demitida por justa causa após publicar no Orkut fotos da equipe de trabalho tiradas durante o expediente. Lógico, não satisfeita e revoltada, a enfermeira entrou com uma ação na justiça pedindo indenização por dano moral, já que, segundo ela, o motivo não era suficiente o bastante para a empresa a demitir por justa causa. No entanto, ela perdeu a ação. A segunda turma do Tribunal Superior do Trabalho negou o pedido da enfermeira.

Para o hospital, as imagens relatavam "intimidades" dos integrantes da equipe da UTI, já que continham "comentários de mau gosto, não apenas da enfermeira demitida, mas também de terceiros" que acessavam a rede social. As fotos mostravam ainda o logotipo do estabelecimento sem sua autorização, expondo sua marca “em domínio público, associada a brincadeiras de baixo nível, não condizentes com o local em que foram batidas”. O hospital foi mais além e disse que a enfermeira desrespeitou os doentes internados na UTI, muitos em estado grave e que, por motivos alheios às suas vontades e de seus familiares, foram expostos publicamente. Pelo que parece, um simples *post*, quando feito sem pensar, pode causar enormes problemas.

Problemas por causa do Twitter

Crescem a cada dia os problemas que as pessoas criam para si próprias ao não saberem usar as redes sociais. Temos vários casos, por exemplo, de pessoas que tiveram grandes problemas com os apenas 140 caracteres permitidos no Twitter.

Um caso que ficou famoso no Brasil foi o do diretor da Locaweb, Alex Glikas. Ele foi demitido após ironizar via Twitter o São Paulo Futebol Clube, time patrocinado pela empresa em que trabalhava. Corintiano, Alex postou xingamentos contra os torcedores são-paulinos e deixou a companhia em situação delicada, já que a empresa havia firmado um contrato com o São Paulo.

Outro exemplo de postagem infeliz, que tomou repercussão mundial foi na emissora americana CNN. A empresa demitiu uma editora depois que ela tuitou uma mensagem afirmando que respeitava o aiatolá Mohammed Hessein Fadlallah. "Triste por saber da morte de Fadlallah... um dos gigantes do Hezbollah que respeito muito".

Já um problema muito mais sério ocorreu no congresso americano. O deputado Anthony Weiner usava o Twitter para enviar fotos eróticas para algumas seguidoras. Uma estudante, que recebeu uma foto com um close de Weiner de cuecas, denunciou o assédio virtual. O deputado tinha mais de 75 mil seguidores. O fato infeliz o fez renunciar após mais de 20 anos de uma carreira de sucesso e acabou com as suas chances de disputar a prefeitura de Nova York em 2013.

Você está viciado?

Hoje existem milhares de pessoas viciadas em redes sociais. Para elas, é mais difícil resistir às tentações do Facebook e do Twitter do que dizer não ao álcool e ao cigarro, por exemplo. Pelo menos foi isso que revelou um estudo apresentado em fevereiro de 2013 pela Universidade de Chicago e divulgado no Brasil pela revista IstoÉ.

Depois de acompanhar o cotidiano de atualizações em redes sociais de 205 pessoas por sete dias, os pesquisadores concluíram que o vício é muito sério. No Brasil já há um programa de dependência de internet do Instituto de Psiquiatria do Hospital das Clínicas da Universidade de São Paulo (IPq-HCUSP).

A matéria publicada na revista IstoÉ aponta que 25% dos pacientes que buscam ajuda no programa do IPq o fazem atrás de tratamento para o vício em redes sociais. "E esse percentual deve aumentar", afirma Dora Góes, psicóloga do programa. O vício em redes sociais é tão forte quanto o da dependência química. Como o viciado em drogas, que com o tempo precisa de doses cada vez maiores de uma substância para ter o efeito entorpecente parecido com o obtido no primeiro contato, o viciado em Facebook também necessita se expor e ler as confissões de amigos cada vez com mais frequência para saciar sua curiosidade e o seu narcisismo. Sintomas de crise de abstinência, como ansiedade, acessos de raiva, suores e até depressão quando há afastamento da rede, também são comuns. "É como um alcoólatra", afirma Dora. "Se para ele o bar é o objetivo, para o viciado a meta é estar sempre conectado às redes sociais".

Como achar um mentiroso

Já diziam nossos avós, "o papel aceita tudo". Na verdade, em nosso mundo moderno, podemos dizer que nos teclados de computadores ou nas telas dos tablets e celulares, também podemos escrever tudo, até as mentiras mais descabidas do mundo. Pensando nisso, os professores de Comunicação da Universidade de Wisconsin-Madison e da Universidade Cornell realizaram um estudo para entender melhor como se portam os mentirosos na Internet. O estudo foi feito com base em 80 perfis de *sites* de namoro. Mas o resultado também serve para usuários de redes sociais.

Para chegar ao resultado, os professores entrevistaram pessoalmente 80 pessoas que usam esses *sites*. Dessa forma, eles conseguiram chegar a quatro aspectos que podem ajudar, caso se queira descobrir quão sincera é uma pessoa na internet: mentirosos falam pouco, evitam expressar emoções negativas e usam muito o pronome “nós”. Informações do portal PsychologyToday.

Os homens são uns mentirosos

Está no perfil de um homem? Cuidado, pode ser tudo mentira. Uma pesquisa da Symantec, empresa de segurança, com 1.060 usuários americanos de redes sociais, chegou a conclusão de que os homens mentem muito mais que as mulheres em sites de relacionamentos. Os internautas do sexo masculino superaram as mulheres em 13 das 14 categorias estudadas.

Os homens mentem até o primeiro nome. Um em cada cinco admitiu que não costuma ser verdadeiro ao dizer o nome. No caso das mulheres, uma em cada 20 mente o nome.

Ao contrário do que todos pensariam, também são os homens que mais mentem a idade. Apenas 2% das mulheres enganam na hora de revelar quantas velinhas já sopraram, enquanto que, entre os homens, a porcentagem sobe para 18%.

Os homens superaram as mulheres em outras várias categorias: último nome, *status* de relacionamento, altura, local de trabalho/estudo, endereço, finanças/salário/patrimônio líquido, paternidade, telefone, entre outros.

Adivinhe qual é a única categoria em que as mulheres mentem mais do que os homens? O peso. Porém, a diferença entre os mentirosos é pouca. De acordo com o estudo, 11% das internautas mentem o quanto pesam, mas os internautas vêm logo atrás com 10%.

As mentiras mais comuns

Um estudo feito com 2.000 usuários do Facebook apontou quais são as principais mentiras que as pessoas postam em seus perfis. 80% dos entrevistados reconheceram que já mentiram em algo para melhorar a imagem na rede.

Segue-se, abaixo, a lista com as mentiras mais frequentes, de acordo com o levantamento:

- Usar uma foto antiga como "foto de perfil" para parecer mais jovem e mais atraente;
- Remover fotos feias;
- Ler artigos nos aplicativos de jornais para parecer inteligente;
- "Curtir" alguma coisa para parecer intelectual;

- Editar uma foto para ficar mais bonito (o famoso Photoshop);

- Mandar mensagem para alguém que não é seu amigo na vida real;

- Escrever um *status up-date* que é uma mentira;

- Usar a foto de perfil de uma pessoa que não é você;

- Escrever um *status update* exagerando o quão divertida foi determinada festa ou evento;

- Mentir no campo "Relacionamento" (por exemplo: falar que está em um relacionamento quando na verdade está solteiro);

- Adicionar alguém como amigo simplesmente porque a pessoa é bonita;

- Inventar um status *update* para chamar a atenção;

- Dar uma exagerada no nome da sua profissão, como assessor de imprensa se autodenominar 'gerente de estratégias corporativas de comunicação integrada';

- Exagerar suas qualificações;

- Marcar você mesmo ou fazer *check-in* em um lugar em que você não esteve;

- Mentir quanto à sua formação escolar;

- Mentir nos livros/filmes/música para parecer um pouco mais *cool*;

- Curtir determinadas páginas só para ter mais coisas em comum com determinada pessoa que você gosta;

- Tirar uma foto do lado de um carro/casa/moto que não é sua;
- Criar um álbum de fotos falso.

Rede social contra a solidão dos idosos

As redes sociais viraram aliadas da terceira idade contra solidão. Em novembro de 2012, o Instituto QualiBest fez uma pesquisa sobre redes sociais com 318 aposentados com mais de 60 anos. 71% deles dizem ter perfis em redes, como Facebook e Orkut.

A maioria afirmou que entrou em uma rede social com o objetivo de se sentir menos sozinho e de se integrar com a sociedade, trocar opiniões, interagir e, principalmente, encontrar velhos amigos e familiares. Claro, além de poder ver as fotos dos netinhos e familiares.

E mais. Estudos apontam outros benefícios que a internet traz para os idosos. Foi constatado em estudo na Universidade do Alabama (Estados Unidos) que 33% dos oito mil voluntários acima de 50 anos, que declararam usar regularmente as mídias sociais para fazer amigos, estão menos propensos a desenvolver depressão, comparados aos não usuários.

Velha para o Face

Apesar do crescimento de participação de idosos nas redes sociais, principalmente no Facebook, um fato inusitado ocorreu em fevereiro de 2013. Uma senhora de 104 anos, Marguerite Joseph, teve de mentir sua idade para criar um perfil na rede. Parece incrível, mas o Facebook não permite que seja criado um perfil com mais de 99 anos. A senhora só queria entrar na rede social para se manter em contato com a família.

A equipe do Facebook já veio a público pedir desculpa pela limitação e disse que está solucionando o problema. Segundo a cadeia de televisão ABC News, o grupo já identificou que "existe um problema" e que muitos internautas são "incapazes de introduzir anos de nascimento anteriores a 1910". O fato é que agora Marguerite está cinco anos mais nova na *web*.

Rede social do bem

As redes sociais têm sido grandes propagadoras de campanhas que fazem bem à sociedade. Em 2011, por exemplo, Facebook, Twitter e Orkut foram usados para ter comunicação com os familiares que estavam desesperados em busca de notícias sobre os sobreviventes das fortes chuvas em Nova Friburgo, Teresópolis e Petrópolis, na região Serrana do Rio de Janeiro. Pessoas deixavam mensagens para familiares e vizinhos no Facebook pedindo por notícias sobre outras pessoas. Outras utilizavam o site para tranquilizar os familiares, informando que estavam bem. A rede também tem sido muito utilizada para encontrar pessoas desaparecidas há muitos anos. Os bons resultados têm incentivado cada vez mais pessoas a fazerem o mesmo.

Foi o que fez a família do metalúrgico Renan Fogaça Alípio. Pela divulgação de uma foto dele no Facebook, que contou com mais de 100 mil compartilhamentos, ele foi encontrado depois de sete meses desaparecido, internado em um hospital após ser baleado por assaltantes. Infelizmente, ele faleceu no hospital.

Já a tentativa da socióloga Fátima Abou Mahmoud teve um final feliz com a ajuda do Face. Ela postou uma foto do irmão, Omar Abou Mahmoud. A imagem se espalhou e teve cerca de 10 mil compartilhamentos. O rapaz sumiu no dia 7 e no dia 13 foi encontrado graças à pista passada por um internauta.

Mídia social do bem 2

Outro caso muito interessante de uso positivo das redes sociais é o da analista Carolina Rocha, de 24 anos, que se recuperou de um acidente com a ajuda do Twitter. Conheci a história dela através de uma matéria publicada em novembro de 2012 no jornal Folha de S. Paulo.

A jovem, ao ir para o trabalho na movimentada São Paulo, foi atropelada, quebrou oito ossos e perdeu muito sangue. Precisava repor no hospital as bolsas de sangue que utilizava. Na época, Carolina tinha cerca de 10 mil seguidores no Twitter e resolveu utilizar-se desse sucesso para criar uma campanha *on-line* com a ajuda dos amigos.

Ela conta ao jornal que, assim, surgiu o "Vai, Doa!" (vaidoa.tumblr.com), *site* do qual cuida até hoje. Através do canal na internet ela fornece informações sobre o que é preciso para doar sangue e divulga campanhas no País todo. Também publica fotos enviadas de pessoas doando sangue. Tudo isso para incentivar a doação. "Todo mundo pode precisar de sangue um dia. Não tenho dúvida de que a internet – principalmente as redes sociais – une as pessoas. Conheci meus dois últimos namorados *on-line*. E o amigo, que é dono do apartamento que alugo, conheci pelo Twitter."

Capítulo 4

Temos mais diplomas e menos senso comum

Às vezes, desacelerar o ritmo começa por mudanças radicais na vida. Fabi é uma mulher que batalhou muito para manter o padrão de vida que sempre idealizou nos tempos de faculdade.

Casada, toda regrada, trabalhou em empregos estáveis, tem um filho de 14 anos, e um marido dedicado à família. Marco é um exemplo de pai presente.

Aos 42 anos, Fabi e Marco formam uma família à moda antiga, exemplo aos jovens casais. Todos admiram a decoração de bom gosto do apartamento de alto padrão, quitado na entrega das chaves. O casal não é rico, tampouco ostenta um *status* que não lhe pertence. Os dois sempre trabalharam muito para colocar o filho em uma boa escola particular e custear os gastos com a casa do interior. Seus bens se resumem ao tão sonhado apartamento e à chácara. Os investimentos no banco formam uma reserva para o caso de uma "dor de barriga" no futuro e complementa a cada dois anos a troca dos dois carros. Juntos, eles compõem a classe média paulistana.

Fabi é bonita, mas muito "coxinha" e nunca teve nenhuma aventura fora do casamento. Marco era extremamente ciumento. Mas ela confessa que já esteve perto, uma única vez. "O cara me assediava de um jeito diferente, sempre me incentivando a pensar muito antes de decidir, valorizando a família, mas com amor próprio."

Ele era viúvo e dava conselhos seguros, sem arrependimento, às vezes, era só ouvido de terapeuta. As terças à noite, com um olhar fixo nas legendas que tentava traduzir daquele mito de mulher amiga. Mas, o que mais impressionava Fabi era que esse cara, Jonas parecia um galã de novela das seis. Rosto sem marcas ou barba, grisalho, boa praça e boa pinta, seu confidente bonitão e sedutor.

As coisas que Fabi falava e sentia incomodavam Jonas, pois ele também tinha uma atração física por ela. Só que seu perfil não era ser direto e falava por entrelinhas: "As marcas fiéis perdem espaço para um novo concorrente". Ela teve uns dias difíceis no emprego, uma *trade company*, por pressão de seus chefes e subordinados. Sim, pelo estilo passivo e da paz, Fabi engolia sapos a toda hora e trabalhava por ela e pelos outros, que, instintivamente, abusavam dessa benevolência e subiam na carreira, enquanto ela carregava o piano e os demais nos ombros. Trabalhou na carreira que investiu estudando faculdade de Administração, fez pós e tudo o mais, porém ficou insatisfeita e pensou radicalmente em mudar. Sentia-se feliz pela metade, incompleta. Aquela ansiedade de mudança estava dura de segurar nas últimas semanas.

Dias e noites martelando na cabeça uma das últimas frases que ouviu de Jonas: "Poucos comem fígado acebolado, pois bife de carne é mais gostoso, mas tem gente que nunca provou e já acha ruim".

A rotina cansa, o emprego cansa, a família cansa. Como renovar? Que vergonha, uma mulher bem-casada, com filho, emprego, amigos, como podia estar infeliz? Fazer o quê? Sair à procura de algo que ninguém sabe explicar o que era? Quantos de nós passamos a vida inteira procurando algo que nos complete e nos realize, um sonho impossível. As depressões aumentavam...

Um dia, do nada, Fabi acordou e saiu de casa. Nem deixou um bilhete nem beijos para o seu filho adolescente. Só roupa do corpo e, sem celular, pegou um ônibus e foi parar em Aracaju. Lá, pernoitou em uma pousada de beira de estrada, diária a R$

50, e depois passou a ir meio sem destino, parando, pernoitando, indo à praia sem saber o caminho. As imagens do filho, chorando pela sua ausência, e do marido, furioso por achar que era caso de traição. A vontade de voltar implorando o perdão da família, dos parentes, patrão, amigos, zelador do prédio e entregador de *pizzas* completavam seus minutos de solidão e reflexão. Ela devia uma explicação a todos. De repente, ela caiu em si.

Arrepender-se por não ter feito algo vai ser um martírio maior e incomparável, como essa fase que vai passar. Passou.

Com as unhas roídas, da pousada fez uma ligação ao filho dizendo que o amava e, depois, um dia ela explicaria tudo isso. Com a garganta seca e os olhos molhados, Fabi não conseguia encarar seu rosto no espelho enquanto falava com seu filho. O amava tanto!

"Eu amo o seu pai, mas não estou feliz deste jeito."

Marco pegou o telefone e, para surpresa dela, não estava puto. A angústia tinha preenchido o lugar da raiva e o alívio em saber que Fabi estava viva era confortante. Desde sua saída, ele não dormia. Passou tempo suficiente para ele perceber que algo estava errado e era mais sério do que ele imaginava.

"Está tudo bem? Pode voltar que estamos lhe esperando", disse Marco.

A bagunça na cabeça de Fabi parecia um guarda-roupa de adolescente. Tudo que lutou e trabalhou a vida inteira subitamente se tornou desnecessário, vão, vazio. Tão vazio quanto a sua vida.

Ela desligou o telefone e disse, sussurrando:

"Te amo, tchau."

Sem saber o direcionamento que daria para sua vida, Fabi calçou um sapato rasteiro, saiu da pousada e caminhou em busca de respostas.

'Será que ainda estou com depressão?'

'Será estresse? Ou síndrome de alguma coisa?'

'Crise do 40? Menopausa precoce?'

Enquanto perambulava sem rumo, ela não duvidou do seu amor pelo marido e pelo filho. Seu sentimento foi verdadeiro, autêntico, tão autêntico como o medo de seguir em frente com a mesma vidinha cheia de rotinas e repetições. Tantos esforços, tantas horas dedicadas ao trabalho acabaram ocupando o lugar das fotos e lembranças de viagens, de momentos engraçados, de fatos corriqueiros que marcam uma vida. Faltou experimentar sabores diferentes, dar risadas, correr da chuva. Faltou fazer um bolo de cenoura com cobertura de chocolate quente. Fabi nunca deu esse prazer ao filho, nunca parou para pensar nisso, o quanto isso poderia fazer falta para sua família. Ela não tinha vocação para fazer bolo, não sentia falta disso. Na verdade, ela fez sempre tudo tão certinho, seguiu o cronograma da vida, que não sabia ao certo qual era sua vocação, onde estava seu ponto de desequilíbrio, ou onde poderia encontrar algo que tirasse seu fôlego, seu chão e a arrebatasse da monotonia.

Seu álbum não estava completo, mas ela queria descobrir com o que iria preenchê-lo. Fabi se conhecia o suficiente para saber que sua história precisava ser refeita. Faltava algo, mas o que, exatamente?

Com dores nas pernas de tanto caminhar, ela decidiu buscar suas respostas e uma motivação de vida substancial. Um legado para transmitir ao seu filho, ainda que ele não entendesse agora a sua ausência. O que poderia parecer bom aos olhos de todos não era verdadeiro, o apartamento, o emprego, a chácara e os carros desviaram o foco da felicidade de Fabi durante toda a vida.

A frase de Marco lhe ecoava na cabeça:

"Pode voltar que estamos lhe esperando."

Esperando, para voltar ao trabalho todos os dias, com a mesma rotina, as mesmas roupas, pessoas e razões? Foi o suficiente para ela não voltar. Não, ainda. Pegou um avião e depois um ônibus para uma cidade do interior do Equador, e começou uma nova vida. Comprou roupas simples, morou de favor e, depois que começou a trabalhar ajudando pessoas idosas, alugou uma casa e ficou por quase dois anos vivendo como outra Fabi. Conheceu pessoas incrivelmente interessantes, algumas preconceituosas quando sabiam que largara a família, mas não tinham coragem de aconselhá-la a voltar para casa, pois nunca viram uma pessoa radiante, com gosto pela vida, amada e amando a todos sem contrapartida.

Não foi uma aventura e não teve nenhum outro homem. Na verdade conheceu um, Célio, casado, excelente nível socioeconômico e, coincidentemente, tinha feito o mesmo que ela. Encontraram-se na mesma cidade, mas não houve nada entre eles, só um incentivo um ao outro.

Um dia Fabi voltou e o filho estava indiferente, mas por pouco tempo. O laço materno é impossível de romper qualquer "dar um tempo", ainda que de uma mãe. Seu ex-marido tinha mudado de emprego e a fuga de Fabi parece ter mexido também com a cabeça dele. Ele estava com um romance no emprego, mas jurava que a mulher que ele amava de verdade "saiu para comprar pão e demorou dois anos para voltar" (como uma metáfora jargão que resumiu o ocorrido). A ideia de "corno manso" passou-lhe pela cabeça, literalmente, mas entendeu um pouco a atitude de sua ex-mulher e que não se tratava de uma aventura, mas de uma busca interior. Não a perdoou explicitamente, mas compreendeu e não se falou mais no assunto. O filho de Fabi, após os anos sabáticos de sua mãe, em uma das comemorações de aniversário em que estava também o ex-marido de Fabi, emocionado falou:

"Mãe, nunca entendi por que o ser humano faz certas coisas, mas com que direito temos de dizer o que é certo ou errado para a pessoa que mais amamos no mundo?"

Todos ficaram intrigados com o comportamento da família “perfeita”. Do casal exemplo, bem-sucedido.

Prestes a entrar na faculdade, o filho de Fabi embalou um discurso.

“Lembro-me de ter me sentido abandonado e ter jurado nunca mais querer vê-la novamente. Hoje, o seu amor é a maior força que tenho para também ser feliz. Eu amo muito você, mãe, não é pouco!”

Silêncio de Marco, entre lágrimas e abraços de uma mãe e seu filho. Ele pensou em como somos egoístas, mesquinhos e só pensamos em nós. Fazemos discursos maravilhosos e contagiantes, dando a impressão que somos sempre uma família unida e amada e que todos só pensam na felicidade do outro. No fundo, queremos ser felizes à custa dos outros, atropelando os sonhos alheios, pensando apenas nos nossos. Assim é em todo lugar. Quando na empresa alguém não está feliz, só há uma manifestação de preocupação e discursos políticos de que iremos fazer alguma coisa por ele, mas nada ocorre de fato. Nem entendemos direito o significado da cotidiana pergunta: Tudo bem? Se a resposta for um NÃO, ficamos desconcertados, torcendo para a cena passar logo. O tempo passa e matamos mais um empregado, um chefe ou colaborador, por ficar na mesma, sem mudança, sem mudar o ritmo. Um leve sorriso e um beijo na testa de Fabi foi o gesto de Marco naquela noite, que saiu abraçado ao grande filho, seu maior tesouro.

Chegaram a cogitar de morar juntos, mas resolveram ficar em um mesmo prédio, em apartamentos separados. Jantavam quase todos os dias juntos e o filho já sentia que tudo voltava ao normal. Às vezes eles transavam, mas não tinha nenhum compromisso e isso segurou o relacionamento deles por mais um ano. Um dia, ele é que foi embora com uma mulher oito anos mais velha que Fabi.

Ela jamais se arrependeu. Depois de muitos anos reencontrou seu amigo Jonas e disse, no final de um happy hour: "Ainda fico com uma sensação ruim das coisas que deixei de fazer, das chances que perdi, mas o que fiz foi tão gratificante que compensou um pouco o arrependimento". Jonas tentava entender, mas não era tão fácil, por não ter passado o que Fabi passou.

"Assista ao filme Pontes de Madison, com Meryl Streep e Clint Eastwood, e depois entenderá o que passei", dizia ela.

Festas sem datas é bom para viver melhor

A vida de Fabi mudou e ela começou a fazer terapia com um especialista, Dr. Valter, que tinha vários empregos. Além da clínica, ele também trabalhava em três hospitais. Como tantas outras pessoas da área da saúde, ele trabalhava tanto e não tinha tempo para família e amigos.

Valter era mais um em uma sociedade que se perdia em meio aos conflitos de valores. Analista e paciente tinham histórias diferentes, mas convergentes. Valter não foi impactado ao acordar um dia achando que deveria sair por aí sem rumo. Para ele, sua vida estava normal. O impacto neste caso foi outro.

Era mês de São João, noite fria, depois de atender vários pacientes com histórias angustiantes, ele pegou seu Mercedes E350, e seguiu pela estrada pensando no plantão conturbado. Seu destino era a festa de aniversário de uma colega da clínica, Judy.

Valter dormiu ao volante e bateu.

Antes do acidente, ele pensou em abrir mão de alguns atendimentos. Aos 68 anos, estava bem, mas sabia que há um limite ao ser humano para suportar tanto trabalho. Teve um rápido pensamento racional de desistir da festa e ir para casa descansar após uma jornada massacrante de exatas 18 horas de trabalho. Mas o coração mostrou que se, coincidentemente, todos os convidados desistissem de ir a uma festa, como a aniversariante se sentiria? Resolveu ir.

Valter quase morreu. Ficou hospitalizado por semanas e sua Mercedes teve perda total.

Dizem que superar um acidente é como nascer de novo. Se o renascimento acontece, vem acompanhado de uma série de mudanças. Valter esqueceu datas de aniversário, eventos, Natal, Ano Novo, agora ele era o rei das festas sem datas específicas. Aliás, inventava algo para comemorar e chamava as pessoas que gostavam dele. Eram festas de público heterogêneo, com o Jesus, seu mecânico de confiança, e o Amaral, ex-presidente da maior companhia de transporte marítimo do País. Era o dia do inventor do grampeador, dia do entregador de comida chinesa, dia da segunda-feira feliz, dia da degustação de batata peruana. Suas festas ficaram famosas, pois além de tudo, ele fazia questão de dar presentes aos convidados, mas, curiosamente, não ia a festa dos outros desde o acidente no aniversário de Judy. Vai que...

A coragem de mudar

Judy é a terapeuta de Gonzales (lembram dele?), especializada em casos de problemas da vida moderna. Desenvolveu o método de atender o cliente em momentos de introspecção, como videoconferência em sanitários e terapias após problemas de ereção e ejaculação precoce. Ousada, ela arrebatou muitos pacientes que não tinham coragem de expor seus problemas, muito menos, tempo para procurar um especialista. Eram pacientes com a vida muito acelerada. Ela era direta. "Você tá brochando?"

O caso de Gonzalez era comum. Judy relata que as doenças de comportamento e de sintomas depressivos têm diagnósticos prováveis.

"Algo lhe incomoda? Que tal parar, pensar e mudar, buscar se conhecer através dos olhos dos outros e de si mesmo, olhar no espelho além da rotina de fazer a barba ou retocar a maquiagem, ver o mundo diferente?"

Judy mostrava aos seus pacientes ferramentas simples para uma vida melhor, como mudança de itinerário, fazer o almoço para a empregada e trabalhar um dia no lugar da recepcionista.

"Se você faz sempre o mesmo caminho jamais despertará sua criatividade e limitará seu conhecimento. Caminhe pela contramão (não de carro) e ponha-se no lugar do outro e assim verá todos de outra forma. Eles verão melhor você. Descubra o novo que é o outro em você."

O marido de Judy é um ex-operador de mercado financeiro de um grande banco de investimento. Trabalhando sob intensa pressão, o que o fez perder os cabelos logo aos 25 anos de idade. Após conhecê-la, ele largou o banco e montou um spa urbano com banhos de ofurô e massagens relaxantes. Só há um detalhe, o cliente não marca horário e dificilmente será atendido quando chegar. Na sala de espera, há todas as condições para se relaxar, a partir de ambientes de todos os tipos e conforme uma pesquisa inicial, com direito a uma minissessão de terapia com profissionais iguais a ele, que passaram para o outro lado da carreira. Muitos clientes juram que aprender a esperar já vale a sessão. No final, o cliente sai diferente, esquecendo até de seus aparelhos de celular e informática, que ficam retidos na recepção.

A ideia dele foi uma grande sacada, mas visa a um público pequeno e ele ganha bem menos dinheiro, se comparado aos tempos do banco. Ainda assim, ele afirma ter valido a pena ao menos pelos cabelos de volta, algo que nenhuma ciência conseguiu explicar.

"Só queria trabalhar em algo que relaxasse as pessoas e isso poderia trazer um benefício a mim também. Um dia, um cliente, por sinal bastante religioso, me disse que de tanto ver só notícia ruim em todos os meios de comunicação, sonhava em lançar um jornal de 'Boas', onde só haveria notícias espetaculares de nascimento de crianças por milagre, acidentes sem vítimas, previsão de tempo bom só onde fosse ter mesmo, horóscopo (esse sempre otimista), bandidos presos, político condenados...".

A vida é um doce

Sam era um cara diferente da média. Nunca foi de estudar, mas era esperto e sempre tinha uma boa lição de vida para mostrar aos outros. Desde pequeno, vivia em um mundo de fantasias, queria ser um super-herói, gostava de brigar, era um atleta polivalente, se dava bem em qualquer esporte, nadava, corria, mas o que mais gostava era de artes marciais. Estava no sangue. Principalmente quando aprendeu a controlar a mente e o corpo através de exercícios de respiração. Tinha uma coleção de espadas e gostava de pintar quadros sem sentidos. A família achava o máximo o quê de artista do menino.

Nunca teve grana e tudo o que ganhava ele gastava. Seu lema era comer os fabulosos doces e um "prato de caminhoneiro". Na infância, chegou a comer uma lata de goiabada, do tipo 4 em 1, e no dia seguinte bebeu uma lata de leite condensado. No rodízio de pizzas, do antigo Grupo Sergio, em São Paulo, foi o recordista do bairro com seus 26 pedaços de pizza em quase duas horas e meia e ainda "matou" nove sucos!

Teve vários empregos. Não parava em nenhum, pois toda vez que alguém o mandava fazer algo ele não se sentia bem. A vida inteira ninguém mandou nele, só os deliciosos doces. Tinha um carisma invejável, com inúmeros amigos e namoradas. Seus pais desistiram de tentar colocá-lo na linha, pois a alegria de Sam superava qualquer exemplo de ser humano que estudou, trabalhou e prosperou.

Quantas pessoas fazem tudo certinho e são infelizes? Com seus 32 anos, Sam conheceu todo tipo de gente e soube lidar muito bem com os ricaços, que, inicialmente, desprezavam a qualidade de vida que ele tinha, mas invejavam a alegria que ele trazia com coisas simples. Com o tempo, a sua diabete ficou crônica e já estava difícil a hemodiálise furar algum lugar do seu braço.

Passou inúmeras vezes perto da morte e os médicos não acreditavam na recuperação e no bom humor de Sam. Um dia ele descobriu que no Youtube, todos aqueles seriados de infância, que não passam mais em nenhum canal de TV, podiam ser vistos. Era mais um prazer que dava força em viver.

Um dia a namorada de um grande amigo dele deu em cima e o convidou para sair, insistentemente. Ele não tinha dúvidas das más intenções da moça. Sam marcou o encontro e quando chegou ao local, levou o próprio amigo, Célio. Ela, sem graça, não falou nada. Silêncio, enquanto o amigo, quase traído, não estava entendendo direito o que estava rolando.

Sam olhou para moça e disse:

"Existe uma coisa que eu preservo: a amizade."

Envergonhada, ela corou e abaixou a cabeça.

"Célio é meu amigo e jamais faria algo que não fosse decente."

Com suspiros longos e ar enfurecido, ela balançava inquietamente o corpo e batia rapidamente o pé esquerdo no chão, como quem diz, vai demorar o sermão?

No entanto, Sam ainda não tinha acabado com suas lições de moral.

"Existe uma coisa que eu desprezo: a traição."

Enlouquecida com a "pegadinha" da sua quase "presa", a namorada de Célio não acreditava no que estava acontecendo. Sam continuou o discurso.

"Você é a garota mais gostosa que eu já conheci e me sinto um idiota fazendo o que eu fiz. Acho que vocês precisam conversar agora, vou nessa."

Sam foi embora e deixou os dois no ponto de encontro, um barzinho de casais. Depois de alguns dias soube que o casal se entendeu e ficou mais um pouco junto. Após oito meses, essa namorada teve um caso com o primo do Sam. Finalmente, terminaram o namoro. A ex-namorada de Célio foi selecionada para participar de um *reality show*.

Sam acreditava que a amizade entre as mulheres é mais difícil. Entre os homens é uma questão de honra, coisa que em seus filmes de super-heróis era sempre presente. Citava um episódio do "Agente Fantasma", um de seus prediletos, em que o sacrifício por um amigo não tinha preço. Sam foi perdendo seus membros por uma gangrena maldita e até o último momento de vida, esboçou um sorriso que poucos tiveram durante a vida toda: viveu bem, sempre duro de grana, mas com ótimos amigos e deliciosos doces.

Célio era diferente de Sam em todos os sentidos. Bem-sucedido, estudou em ótimas escolas no Brasil e no exterior. Depois do desastroso namoro, constituiu família e teve dois lindos filhos. Na garagem, seis carros importados.

Célio torrava seus bônus em restaurantes estrelados. Mas não tinha o mesmo brilho nos olhos que Sam, pois não era feliz de verdade. Célio não tinha tempo para nada, exceto trabalhar feito doido em uma consultoria de *family office*. Seu último bônus foi de R$ 7 milhões. Novas compras: troca por uma cobertura maior, todos os equipamentos domésticos de última geração para sua mulher e seus filhos, que quase não se viam.

Às vezes Célio pensava em frases de impacto e imagens de paisagem em PowerPoint, que recebeu em um congresso, após aquelas palestras de motivação de um cara famoso com cabelo roxo.

'Gasto mais, mas tenho menos.'

'Tenho uma casa maior, mas uma família menor.'

'Quero estradas mais largas, mas tenho ponto de vista mais estreito.'

Nostálgico, lembrou-se que recusou muitos convites para tomar umas com o velho amigo Sam, que tinha muito mais tempo e queria um dia encontrar com o amigo de ginásio. A mulher de Célio já tinha desistido de ter uma família nos moldes tradicionais e mantinha outras atividades, que a ocupavam quase todos os dias. Já dormiam em quartos separados, mas não brigavam, apenas se toleravam, como inúmeros casais.

As noites de insônia começaram a ser frequentes, até que um dia, do nada, Célio enviou um *e-mail* aos seus clientes dizendo que cansou de trabalhar e queria umas férias sem volta. Avisou a mulher e os filhos que faria uma viagem e depois mandaria notícias. Célio saiu sem destino e, após 35 lugares distintos, foi parar em uma cidade do interior do Equador. Conheceu Fabi em uma rápida passagem e viraram fã um do outro. Até pensou que o destino seria ficar com ela, pela história coincidente entre os dois. Mas não rolou nada, por causa dele, que lembrou do Sam.

Célio teve momentos de depressão, quando queria voltar, e momentos em que parecia encontrar algo que completasse sua felicidade. A busca em outro local é algo com que muitos sonham, mas poucos têm coragem. Viajar faz bem.

Sem vergonha ou sem medo de preconceitos, ele comprou o livro de Elizabeth Gilbert e em poucas horas leu "Comer, Rezar e Amar". Celio lembrava-se de Sam e questionava suas próprias regras.

"Ele foi feliz e eu tive o privilégio de tê-lo como amigo, mas somos diferentes e não tenho a mesma coragem que ele teve de ser feliz. Fazendo tudo o que gosta, sem regras, sem chefe nem sogra!"

O que mais entrava em contradição na cabeça de Célio era que todos o admiravam pelo seu poder e dinheiro, mas não conseguia entender como Sam era igualmente admirado, porém nem terminou a faculdade e morava um bairro da periferia. Era impossível tentar a mesma sorte que seu amigo, que viveu tão intensamente e só uma doença acabaria com a vida dele antes dos 50 anos.

A intensidade teve um alto preço na vida de Sam. Ele abusou.

'Será que ele foi inconsequente em sua felicidade?'

'Será que para ser feliz é preciso perder a razão?'

'E quem não pode sair por aí?'

Célio ficou inconformado com o paradoxo do nosso tempo. Para cada Celio e Fabi deveriam existir outras milhões de pessoas sem encontrar o seu ponto de equilíbrio.

Ele, saudável, com *check-ups* em dia e todas as técnicas de alimentação e medicamentos que o mundo moderno inventou para que se viva muito, mais saudável de corpo, mas infeliz na mente. Voltou para casa depois de 11 meses e achou que fazer algo pelos outros poderia ser uma forma de ajudar as pessoas, e a ele mesmo, para o encontro com a felicidade.

Sem saber por onde começar, Célio criou um *blog* inspirado em Sam. Através da internet ele compartilhava dicas simples de saúde, utilização de suplementos saudáveis, comidas naturais e a importância de criar e fazer seus próprios pratos, ainda que nos finais de semana.

Recheado de fotos de viagens, a página fornecia inúmeras dicas para mochileiros, de forma ímpar. Usou todas as suas técnicas e a sua experiência para agradar o público com algo que sempre faltava no mercado: produtos e serviços para dormir melhor, comer melhor, ter boa digestão, passeios, caminhadas, viagens, trabalhar, dirigir, correr, fazer sexo, ensinar os filhos, cuidar de idosos e enfermos, caminhar na rua, bater papo na calçada, beber com amigos, ir ao cinema, brincar descalço na rua, ir a festas juninas, missas, festas de aniversário, formaturas, farofa na praia, andar de bicicleta, de moto, de carro. Até um guia para executivos estressados ele criou. Escreveu um livro, tipo autoajuda, com um título polêmico "Sou pobre, porém feliz. E você?" que já vendeu 500 mil exemplares. Foi a justa homenagem que ele fez ao grande amigo Sam.

Sabia como era ser pobre, sua origem também era de periferia. Era convidado para palestras em todos os tipos de organização e, em um programa de entrevistas, contou a história de Sam e comoveu a plateia e a todos que assistiram ao programa. Profissionalizou um *site* e registrou a sua marca "O consultor mágico!". Sempre dizia que era um cara quase feliz, mas ajudar aos outros, num passe de mágica, era uma realização que não tinha experimentado.

Virou um guru do bem-viver, mas tinha uma frustração por ter aprendido tanto com o amigo Sam, que poderia estar ao lado dele, fazendo uma dupla imbatível, mas perdeu para sempre aquela oportunidade.

Felicidade está no que você faz

Diva virou notícia de jornal. Graças à determinação e ao amor pelo trabalho, ela conseguiu conquistar seu patrimônio com muito bom humor e paixão. Diarista há décadas, seu esforço e sua dedicação fizeram sua fama correr a cidade.

A diarista, antigamente conhecida apenas como faxineira, não faz a menor ideia do que fosse um *curriculum vitae*. Seus empregos foram adquiridos graças ao boca a boca.

No banco, as gerentes reclamam dos problemas domésticos, dos souvenires quebrados após a limpeza, do consumo excessivo de água sanitária, de tapetinhos manchados.

"Menina, não sei mais o que eu faço. Você acredita que a minha faxineira quebrou a torneira do banheiro?"

"Como assim?"

"Eu comprei uma torneira importada, incrível. Misturador de água quente e fria, um quarto de volta. Pois a Rosa resolveu usar água quente para limpar o banheiro e forçou muito a torneira na hora de fechar. Detalhe: paguei R$ 900 na torneira."

"Eu não tenho essa preocupação. A Diva cuida da minha casa uma vez por semana. Ela é incrível! Já fiz várias propostas para ela ficar comigo a semana toda, mas ela tem a agenda lotada."

"Será que ela tem um dia para mim?"

"Ela não fica o dia todo. Costuma limpar três casas por dia."

"Então deve fazer tudo correndo? A limpeza não fica uma Brastemp."

"Que nada! Ela é rápida, mas eficaz. E não perde tempo, cronometra tudo e sai tudo perfeito."

Diva tinha seu esquema de trabalho pronto. Para varrer a casa, ela gastava sete minutos. Para tirar pó, quatro. Para lavar o banheiro, seis.

O segredo do sucesso de Diva estava no tempo, ela tinha foco e olhar apurado. Não perdia tempo com tolices. Das patroas, ela exigia seu *kit* de limpeza com nove produtos fundamentais para o padrão de qualidade. O esquema de trabalho lhe rendia.

Tudo era feito sempre com muito humor, sorriso e música. No bolso do avental, Diva carregava um celular com as músicas do Rei. Enquanto lavava o banheiro, ela cantarolava: "Esse cara sou eu!"

Quando uma patroa demonstrou insatisfação com o repertório, Diva foi rápida:

"A senhora prefere que eu fique ouvindo suas particularidades e suas conversas ao telefone? Quando estou ouvindo o Roberto Carlos, trabalho mais animada. A senhora não gosta do Rei?"

De uma casa ela corria para outra e, depois outra. Tudo era feito a pé para não perder tempo no ponto de ônibus. Diva já tinha um carro, mas achava um desperdício de dinheiro e de tempo tirá-lo da garagem para ir trabalhar. As caminhadas de um lugar para o outro chegavam a até 40 minutos.

Graças ao trabalho, ela formou uma filha na faculdade de pedagogia e comprou um apartamento de 60 metros quadrados, a duas quadras da praia.

Em casa tinha sofá retrátil, comprado em uma loja indicada por uma de suas patroas. Os eletrodomésticos foram escolhidos a dedo. Tudo feito com muito critério e economia, afinal ela pagou tudo à vista, inclusive o apartamento.

Com excelentes dicas de economia doméstica e exemplo de educação financeira, Diva começou seus investimentos com um terreno, em seguida foi o terreno vizinho. Depois foi esperar a valorização e vendê-lo.

Aos finais de semana ela fazia empadinhas para vender e cada real conquistado era aplicado na caderneta de poupança.

A alegria de economizar e proporcionar o conforto aos seus familiares tornava Diva uma pessoa mais feliz. Sua filha tinha orgulho do esforço da mãe, que amava seu ofício e cantava aos sete ventos uma música de modinha velha.

"Tô nem aí, tô nem aí,

pode ficar com seus problemas
que eu não vou ouvir."

Do que você vai se arrepender?

Imagine se você pudesse ser responsável por cuidar de pessoas que estão em seus últimos momentos de vida. Para uns, seria um prazer, já para muitos outros, um fardo emocional muito grande. Sabemos que é necessário muito carinho e emoções bem resolvidas para cuidar das pessoas no leito de morte.

Pois é exatamente isso o que faz uma enfermeira australiana, Bronnie Ware. Inspirada pelas experiências e por histórias encantadoras que acompanhou, a jovem criou um *blog* em que conta um pouco de suas conversas com que estava em seus últimos momentos.

A iniciativa foi um sucesso. Com isso, ela resolveu escrever o livro The Top Five Regrets of the Dying (Os cinco maiores arrependimentos de quem está morrendo). Nele, a enfermeira conta quais são os maiores arrependimentos daqueles que estão em seus últimos suspiros. A lista serve para que nós possamos refletir um pouco sobre nossas decisões diárias nesse nosso acelerado cotidiano. Nossa correria diária vai nos fazer arrepender-se do quê?

Veja a lista a partir das experiências da enfermeira:

1. Queria ter aproveitado a vida do meu jeito e não da forma que os outros queriam

A enfermeira narra que é quando as pessoas estão para morrer que percebem a quantidade de sonhos que deixaram para trás em algum momento da vida.

2. Queria não ter trabalhado tanto

Bronnie relata que esse arrependimento é mais comum nos homens. Principalmente, por sentirem falta de estar mais com a família, conviver mais com a esposa e ver os filhos crescerem mais de perto.

3. Queria ter falado mais sobre meus sentimentos

Ela conta que via que alguns de seus pacientes até desenvolveram doenças por carregarem rancor e ressentimento devido a nunca terem falado sobre seus sentimentos antes.

4. Não queria ter perdido contato com meus amigos

"Todos sentem falta dos amigos quando estão morrendo", afirma Bronnie. Às vezes só nos damos falta de quem realmente é importante para nós quando já não há muito tempo pela frente. Em algum momento, talvez seja necessário desacelerar um pouco nosso ritmo de vida e buscar mais contato com nossos grandes amigos.

5. Queria ter me permitido ser feliz

A enfermeira conta que muitas pessoas só percebem perto da morte que a felicidade é uma questão de escolha. "O medo de mudar fez com que eles fingissem para os outros e para eles mesmos que estavam satisfeitos quando, no fundo, tudo o que eles queriam era rir e ter mais momentos alegres", disse ela.

Dinheiro traz felicidade?

A consultoria de investimentos Skandia International divulgou em 2012 uma pesquisa, apontando que 93% dos brasileiros acreditam mesmo que dinheiro compra felicidade. E quem respondeu ao questionário foi além, a maioria afirmou que uma renda anual de R$ 300 mil, ou cerca de R$ 25 mil por mês, seria o preço da felicidade do brasileiro. Será? Duvido.

Mas, e se meu vizinho tiver mais?

Diversas pesquisas já apontaram que, na verdade, todos nós estamos acelerando tanto nossa vida no dia a dia para ter mais dinheiro que o nosso vizinho, que isso, sim, é o que nos traz felicidade. Para especialistas, que estudam a economia comportamental, o dinheiro só traz felicidade se a pessoa ganhar mais do que o vizinho ou que o colega de trabalho, por exemplo. Uma pessoa fica feliz se sua renda melhorar em relação a outras pessoas. Se a renda de todos aumenta, ou pior, se a renda dos outros aumenta mais do que a daquela pessoa, o efeito não é o mesmo. Isso foi exemplificado, por exemplo, em um estudo feito pelos professores americanos Rafael Di Tella e Robert MacCulloch e publicado no "Journal of Economic Perspectives".

O economista e professor Samy Dana, em matéria para o portal BOL, fala sobre o assunto e cita o exemplo de uma empresa que paga R$ 1.000 a todos os seus funcionários. "Se um funcionário receber um aumento e passar a receber R$ 3.000, mas todos os outros passarem a ganhar R$ 3.100, por exemplo, aquele que teve o aumento menor ficará infeliz, apesar de também ter tido um aumento", diz.

Assim, todos estão correndo no dia a dia para ter mais dinheiro do que os que estão mais próximos e, assim, se sentirem mais felizes. Dessa forma, eu corro daqui e meu vizinho corre dali. Então, em uma visão mais ampla, apesar de simplista, se nós dois corrermos menos, a sensação de felicidade vai continuar a mesma, já que estamos diminuindo o ritmo acelerado de forma igualitária. Pelo menos é para essa conclusão que indicam algumas pesquisas.

Você está satisfeito com seu trabalho?

A pergunta "você é feliz no emprego?" foi feita por uma associação de recursos humanos, Right Management, para quase seis mil trabalhadores. 41% dos homens responderam que não e as mulheres foram as mais pessimistas, com 59%, formando uma média de 48% de pessoas insatisfeitas. Ou seja, provavelmente, um em cada dois colegas no seu trabalho não está satisfeito e está lá apenas por questões financeiras. E você, já parou para pensar sobre isso? Acha que está trabalhando muito e não está valendo a pena para a sua qualidade de vida e felicidade?

Outra pesquisa indica que 59% das pessoas insatisfeitas com o trabalho estão nessa situação por falta de equilíbrio entre a vida pessoal e a profissional. Ou seja, gostariam de dedicar mais tempo para si mesmas, para a família e amigos e menos para o trabalho.

Mas, você mudaria de emprego?

Estar insatisfeito é uma coisa, ter a coragem necessária para buscar novos rumos e mudar de emprego é outra, bem mais complicada. A mudança exige uma atitude menos passiva quanto à situação e talvez crie algum desconforto no início do processo. Principalmente, pela incerteza do futuro.

No entanto, parece que muitos estão tomando coragem. Uma pesquisa realizada e divulgada pela rede Trabalhando.com com 570 profissionais no Brasil em 2012 mostrou que 94% deles desejavam mudar de emprego naquele ano.

O estudo apontou também quais as principais motivações desses profissionais para trocar de trabalho: 57% porque não enxergavam a possibilidade de crescimento na empresa; e 37% porque acreditavam em um mercado aquecido e com melhores possibilidades. E você, se não gosta do seu emprego, sabe ao menos por quê? Certamente, encontrar o motivo da insatisfação ajuda a buscar o melhor caminho para a sua qualidade de vida e satisfação profissional.

Se você trabalhasse menos, seria mais feliz?

Todos nós nos fazemos essa pergunta. Alguns contam as horas para a aposentadoria. Mas, o que dizem as pesquisas sobre o assunto? Um estudo desenvolvido pela Universidade de Coimbra tentou apurar quais os efeitos negativos do aumento do número de horas de trabalho para as pessoas. Os resultados mostraram que as mulheres e os cidadãos com ideologia de esquerda são os mais afetados.

O estudo levou três anos para ficar pronto e foi desenvolvido a partir dos dados de cerca de 34 mil trabalhadores em 24 países diferentes, de ambos os sexos e várias idades. Segundo Filipe Coelho, um dos pesquisadores, "trabalhar mais horas pode ter efeitos negativos mais fortes ou mais ligeiros no bem-estar dos indivíduos, dependendo das características ou das situações em que estes se encontram. Por exemplo, as pessoas que têm mais autonomia no trabalho não sofrem tanto com um aumento do número de horas de trabalho", afirma. O estudo também apontou que trabalhar muito está totalmente ligado a menor qualidade de vida. Assim, boa parte dos que trabalham menos são mais felizes por que têm mais qualidade de vida.

Enquanto isso, em Portugal...

Em Portugal, as pessoas vão ter a oportunidade de desacelerar um pouco no trabalho em favor da criação dos filhos. Foi aprovada uma lei para que pais ou mães possam sair mais cedo do trabalho para acompanhar os filhos em casa.

Na verdade, o governo local decidiu utilizar fundos europeus para estimular a natalidade e o emprego. Assim, os trabalhadores que saírem mais cedo para estar com os filhos terão a redução de ordenado compensada por verbas estatais. Com isso, deve-se diminuir o desemprego, já que outros funcionários serão contratados para suprir as horas em que os papais não estiverem na empresa e, certamente, a qualidade de vida das famílias vai aumentar muito com os pais mais presentes em casa.

Quando você viaja fica mais atraente e criativo

Se perguntarmos às pessoas o que elas fariam se ganhassem na loteria e ficassem milionárias, boa parte delas diria que viajariam muito mais. Isso tem um motivo. Segundo estudos, viajar as deixam mais atraentes e criativas. Há várias pesquisas sobre o tema, mas vou citar uma que me chamou a atenção. Ela foi feita pela Universidade de Indiana, na cidade de Bloomington, Illinois (Estados Unidos). Eles chamaram voluntários para criar soluções de transporte para a cidade. Enquanto um grupo dos estudantes vivia em Bloomington, o outro morava na Grécia. As ideias mais criativas saíram dos estudantes de fora. Quando você se distancia do problema, seja geograficamente, como em uma viagem de férias, você encontra soluções menos óbvias.

Outra pesquisa interessante foi feita pelo *site* Itsjustlunch.com. Eles chegaram à conclusão de que, no primeiro encontro, as pessoas gostam mais de conversar sobre *hobbies* e viagens. Ou seja, quem viaja mais tem mais chances de se dar bem na paquera.

E parece que todos estão percebendo isso. Segundo uma pesquisa realizada pela Fundação Getúlio Vargas em 2012, os brasileiros querem viajar mais! A intenção de investir parte da renda em viagens cresceu 14,5% em relação a 2011. Evidente que esse fato tem correlação com aumento da renda familiar e com a incorporação de mais de 50 milhões de pessoas à nova classe média brasileira.

O nordestino é que é feliz

O Nordeste do Brasil carrega a fama de ser a região brasileira onde as pessoas são menos aceleradas. Ou seja, a grande maioria leva um ritmo de vida mais tranquilo que o das grandes capitais do Sudeste. Contudo, saiba que o nordestino é o povo mais feliz do Brasil. E não sou eu quem afirma isso.

Uma pesquisa feita pelo IPEA (Instituto de Pesquisa Econômica Aplicada) em 147 países apontou que, entre as cinco regiões brasileiras, o Nordeste é onde as pessoas são mais felizes. Lembra do Ronaldão?

O Brasil ficou em 16º lugar na pesquisa. Entre as cinco regiões brasileiras, o Nordeste foi a de maior pontuação em uma escala de zero a dez: 7,8.

RANKING DAS REGIÕES

1º - Nordeste

2º - Centro-Oeste

3º - Sul

4º - Norte

5º - Sudeste

Apesar de os vencedores mundiais da felicidade – a Bélgica e a Finlândia – serem dois dos países mais desenvolvidos do mundo, o estudo mostrou que no Brasil a riqueza não é o único fator de felicidade. A verdade é que mesmo às vezes sem dinheiro, o nordestino tem uma característica peculiar: o bom humor.

Você quer aumentar sua felicidade?

No final de 2012 foi publicado um estudo realizado pela Universidade do Estado da Pensilvânia (Estados Unidos), com 253 pessoas, entre 18 e 25 anos, que demonstra que quando uma pessoa faz mais exercícios físicos do que está acostumada, ela se sente mais feliz. O estudo reforça a ideia de que o hábito de praticar exercícios físicos faz muito bem também para o psicológico.

Segundo os autores, os indivíduos dessa faixa etária são aqueles cujos relatos sobre satisfação com fatores, como trabalho, família e vida social são os mais instáveis.

Outro estudo, publicado no American Journal of Epidemiology, mostrou que as pessoas que praticam esportes são mais felizes em longo prazo. A partir de pesquisas de saúde durante 15 anos, o estudo mediu o nível de satisfação a cada dois anos. Os resultados mostram que as pessoas que mantiveram uma vida ativa chegaram a ser 85% mais felizes que no começo do estudo. Aqueles que não praticaram esporte diminuíram seu grau de satisfação de 49 a 45% entre dois e quatro anos.

Além disso, vale lembrar que fazer exercícios ajuda a liberar a serotonina no organismo, substância responsável por combater a depressão. Ou seja, quem faz exercícios físicos tem menos tendência a desenvolver quadros depressivos.

Será que em sua vida acelerada está sobrando tempo para fazer um exercício físico e melhorar seu grau de felicidade? Mas não vale o corpo na esteira e a cabeça no trabalho...

O que você gosta de fazer?

Quanto mais acelerada estiver sua vida, mais você precisa de momentos que consiga relaxar. Uma boa forma de fazer isso é através de um *hobby*. Uns gostam de jogar futebol; outros, de videogame; alguns, de passear com o cachorro, pescar ou pintar, jogar truco e beber cerveja. Não importa o que você gosta de fazer, mas o fundamental é ter um hobby como uma válvula de escape para aliviar as tensões do cotidiano acelerado e buscar qualidade de vida.

Cresce a procura por terapia

O nosso estilo de vida moderno e, muitas vezes, mais acelerado do que o recomendado, tem causado diversos efeitos colaterais. Entre eles, pessoas insatisfeitas com seu trabalho, que dormem pouco, não têm tempo de cuidar da saúde, de curtir os filhos como gostariam e, frustradas, recorrem à terapia para tentar entender melhor e conviver com seus anseios de uma forma menos maléfica.

Prova disso é que o número de psicólogos cresceu mais 50% no Brasil desde o ano 2000, saltou de 123 mil para mais de 200 mil. Sem contar o aumento no número de psicanalistas e psiquiatras. Além disso, em 2008 o governo brasileiro tornou obrigatório aos planos de saúde oferecerem 12 sessões anuais de psicologia a todos os conveniados. Antes, esse tipo de tratamento não era coberto pelos planos.

O crescimento por terapias alternativas também tem sido cada vez maior, de acordo com dados do Governo Federal. Entre elas, estão acupuntura, homeopatia e atividades como *tai chi chuan* e *liangong*. Hoje, mais de 1.400 municípios brasileiros oferecem gratuitamente algum tipo de terapia alternativa. Em 2004, eram apenas 203.

Capítulo 5

Parem essa máquina

É possível saber, de longe, quando Roberto chega aos lugares. Sua presença é logo notada não apenas pelo seu tamanho, ele é do tipo grandão, mede 1,82 metro e pesa 115 quilos, mas, além disso, seu jeitão abrutalhado de dirigir é uma marca registrada. O som seco da puxada do freio de mão dá até calafrios nos seus subordinados.

"Chefe chegou! Chefe chegou!"

Anuncia Pedroso, jornalista da velha guarda, facilmente encontrado no "fumódromo", na porta do jornal. Marcelo Pedroso é do tempo das redações esfumaçadas, da época em que os jornalistas dividiam espaço nas mesas com os gravadores e cinzeiros. Com a modernização do mercado editorial, o número de jornalistas foi ficando cada vez mais enxuto e o perfil das equipes rejuvenesceu. Sem contar os celulares de ponta, que fotografam, gravam, editam pequenos textos com qualidade e transformam qualquer cidadão comum em auxiliar do jornalismo. Ao longo do tempo, Pedroso perdeu muitos dos seus companheiros fumantes, e mesmo antes da lei antifumo, ele e a outra meia dúzia de repórteres fãs da nicotina foram proibidos de fumar no local de trabalho e, até no fumódromo, o pessoal em volta olha feio, apesar do direito de cada um fumar ali.

"Putz, acabou o sossego!", sentenciou um dos remanescentes da era da máquina de escrever, João Guerra, editor de esportes. Amigo pessoal de Pedroso, ele já tinha os bigodes amarelados de tanto fumar. Querido por todos, apaziguador das brigas homéricas no jornal e no bar, João Guerra é um dos poucos jornalistas que não é chamado pelo nome e sobrenome. Diferente de Boris Casoy, William Bonner, Cid Moreira, ele era apenas João, o palmeirense. Suas fontes, seus desafetos e seus entrevistados sabiam que João Guerra era história para leitor ver.

"E desde quando isso aqui tem sossego João?"

"*Bora* lá, pessoal, *vamo*!*vamo*! A reunião de pauta hoje promete, vim ouvindo o rádio e já vi na internet no meio do caminho que o Congresso vota hoje aquele projeto polêmico. Quero cobrir a repercussão local disso!

Fala alto, como um típico italiano da Mooca.

"Falei que acabou o sossego, pelo menos o restinho...", resmunga João, em tom irônico, ao pé do ouvido de Marcelo. Os dois dão as últimas tragadas antes de jogarem as bitucas no meio-fio.

Transpirando em bicas, Roberto já chega ligando todos os aparelhos de ar-condicionado que vê pela frente. Como não tem paciência para nada, em vez de esperar a sala refrigerar, ele abre as janelas para arejar. Isso acontece diariamente, não importa a estação do ano. Normalmente, no verão, o consumo de energia aumenta, pois ele inclui os ventiladores de teto em busca do frescor.

Sua sala é um anexo da redação. Nas paredes, oito aparelhos de televisão, duas para cada parede. Na mesa a briga por espaço era feia. Em meio a centenas de papéis, um computador de mesa com um amarelado monitor de tubo, um *notebook* de última geração e um telefone. Logo ao lado, uma bancada era utilizada como continuação da mesa. Aproveitando a conexão da linha telefônica, um antigo aparelho de fax permanecia ligado para "emergências". Para acumular poeira, uma Olivetti de 1983 decorava o ambiente, ao lado de uma antiga impressora matricial, com muitas histórias contadas em suas fitas.

Totalmente insalubre, a sala acumulava toneladas de papéis, artigos antigos de jornais, matérias emolduradas na parede e um bolo de rascunhos misturados com agendas de décadas. Roberto planejava há anos digitalizar suas anotações antigas, mas o projeto só foi se acumulando entre as prateleiras e traças.

Hiperativo, ele não dava sossego para a equipe, logo pela manhã ele bombardeava as pessoas de informações. Encaminhava torpedos, repassava e-mails, entupia a impressora de matérias e lotava as mesas com calhamaços de papel, que após a reunião de pauta diária, já era descartado. Roberto consumia a energia de tudo e de todos.

"Paulinha, Paulinha, baixa esse aplicativo aí no seu Smartphone!"

"Mais um aplicativo, chefe? Esse serve para...?"

"Comunicador instantâneo."

"Mas você sempre acaba ligando para o meu telefone, esse é décimo terceiro aplicativo de mensagens que você me recomenda, mas no final sempre liga."

Roberto vivia ansioso e com pressa.

"Pessoal, baixe em seus celulares este novo aplicativo. Assim poderemos economizar com telefone."

Roberto tinha uma espécie de transtorno obsessivo compulsivo por aplicativos de celular. A cada seis meses um aparelho era descartado em função de outro mais moderno, capaz de suportar os 734 aplicativos instalados no aparelho. Todos sabiam que o discurso de economia na telefonia era uma forma de amenizar o peso na consciência, pois Roberto sabia que era o rei do consumo.

Mesmo escrevendo inúmeros artigos sobre Rio+20, bioma da Amazônia, e provocar grandes desafetos com a bancada ruralista, o jornalista não estava nem aí para as verdadeiras causas ambientais, tampouco se importava com ações que pudessem preservar seu próprio meio e ambiente de trabalho, ele era uma espécie de ogro. Jogava lata de refrigerante pela janela do carro, que abrigava em seu interior um lixão ambulante. Desde coleções de guardanapos do Mc Donald's até calção do futebol do domingo passado, misturados com papéis de *drops* de menta. No banco de trás, algumas pastas plásticas com papéis que extrapolavam os limites do elástico. Documentos amassados, cheios de orelhas que haviam sido promovidos à categoria de importantes.

Quando um papel saía do limbo do escritório e caía no purgatório do carro era algo significativo na vida de Roberto. A próxima fase era ou o céu ou o inferno. Arquivo morto ou lixo geral – obviamente Roberto não separava seu lixo, porém criticava muito bem a administração pública e as questões de destinação de dejetos.

Na redação, Raquel Teixeira era a especialista em assuntos ambientais e sustentabilidade. Repórter com tarimba, era sempre escalada para todas as pautas relacionadas ao assunto. Era comum ver Raquel brigando com o editor por mais espaço nas primeiras páginas para as questões do planeta.

Considerada xiita, com seu estilo *hiponga*, ela defendia com unhas e dentes a reutilização de papéis. Fazia anotações nas mãos, no braço e evitava usar o máximo possível de combustível, por isso não se intimidava em pedir caronas e andava muito a pé. Adepta do lencinho de pano e promotora de feiras de trocas, não escondia sua paixão por sebos, brechós e tudo o mais que pudesse ser reutilizado.

Superdivertida, Raquel era divorciada e procurava um relacionamento sério, mas sua busca por um companheiro consistia em encontrar alguém com os mesmos ideais que os dela e com o mesmo estilo de vida.

"Gente, não me importo de ter um companheiro já usado, reciclado ou de segunda mão. Também já fui trocada, mas continuo em ótimas condições. O importante é reciclar", brincava entre os colegas, que até apelidaram-na de "Chevrolet Bel Air, a mais conservada".

Revoltada com os desperdícios e os posicionamentos do chefe de redação, Raquel vivia grandes discussões na sala de Roberto.

"Não concordo com o que você escreveu em seu artigo sobre as indústrias de compostagem. Aquilo é um absurdo, você não pode criticar daquela forma! Existe algum interesse por trás disso e eu não sei?"

"Você está louca, Raquel? Fumou cachimbinho da paz?"

"Deixe de ser preconceituoso!"

"Ah, você acha que eu não sei que você e seus amigos do verde curtem um cigarrinho verde também? Os ambientalistas de hoje sãos os *hippies* de ontem."

"Isso não vem ao caso, estou falando de uma matéria e você está me agredindo."

"Ahhhh. Tá vendo, admita! Eu sabia, não falei?*No, woman, no cry",* cantarolou o reggae fazendo alusão a Bob Marley, um dos maconheiros mais famosos da história.

"Roberto, você sabe que isso é assédio moral!"

"Raquel, se a cada discussão que tivermos nesse jornal vocês resolverem meter processo, pode fechar a porta. Cadê o seu espírito de respeito às diferenças, hein?"

"Você é incoerente e não percebe o mal que faz escrevendo coisas sem fundamento. Se eu fosse você não ousaria escrever de algo que não sabe. Como você pode falar de lixo se é um dos maiores produtores de lixo desta cidade. Basta ver nas bancas diariamente."

Saiu da sala batendo a porta, revoltada.

Acostumado com os destemperos da repórter, Roberto debocha:

"Raquel, faça amor e não faça guerra. Woodstock, baby."

Meticuloso com o fechamento das edições diárias do jornal, Roberto era detestado pela equipe quando fechava as edições. Se isso acontecia às quartas-feiras, o dilema era ainda pior, pois ele esperava o fim de todas as partidas dos campeonatos para fazer comentários e estampar fotos dos jogos na primeira página. Ele fazia questão de observar cada detalhe pessoalmente para evitar erros. Criticava o trabalho dos editores e às vezes fazia alterações de última hora para desespero dos diagramadores.

Despreocupado com o horário, era comum Roberto virar a noite no jornal e ficar trabalhando até de madrugada. As luzes do jornal não apagavam nunca.

Sem o mínimo bom-senso, o chefe da redação atormentava, mesmo sem querer, a todos com quem convivia, colegas, familiares e vizinhos. O passeio com seu cachorro era uma atividade corriqueira após o expediente, até que os moradores do condomínio começaram a se incomodar com os rastros do mestiço Labrador, de Roberto. Dizem que o cão ganha a personalidade e feição de seu dono, neste caso o ditado era realidade. Billy tinha quatro anos, fora de peso e totalmente estabanado. Assim como o dono, sua presença era mais do que perceptível.

Fruto da mistura de um Labrador Chocolate com algum outro cachorro de raça desconhecida, Billy tinha pelos negros. Quando filhote foi vendido como raça pura e Roberto acreditou que teria um Labrador Chocolate original, mas de pura, só a bagunça.

Depois de tantas intrigas com a irritante Dona Aurora a respeito do cocô de Billy, Roberto resolveu fazer pirraça e transformar o gramado da calçada em um campo minado.

Mesmo sabendo que estava errado e que a implicante mulher estava com a razão, Roberto tinha um prazer infantil ao ver a senhora enfiando o pé nas fezes caninas. Billy não tinha um ritual de fazer suas necessidades sempre no mesmo local, o que causava um grande efeito surpresa. Dona Aurora até tentava se precaver, mas, no escuro, ela se tornava presa fácil de Billy e seu dono. No dia seguinte a senhora lavava o gramado com esguichos de água pressurizados. O gramado já judiado de tanta aguaceira e sujeira de cachorro tentava resistir às loucuras dos vizinhos. Quando estava inspirado, dava um pratarrão de mingau malpassado para Billy e a consistência do produto da saída era o mesmo do da entrada: merda líquida.

Levar o cachorro para utilizar as calçadas como banheiro virou o hobby de Roberto. Ele achava graça quando alguém pisava na sujeira do seu cachorro e considerava o feito como um ato de bravura.

"*Bora*, Billy, vamos soltar uns torpedos (sem celular) pela rua."

Nem tão longe nem tão distante

Quando todos achavam que os carros iriam voar e o teletransporte seria uma realidade, o ano de 2083 não correspondeu às expectativas do passado. Toda a tecnologia empreendida em projetos gigantescos de desenvolvimento ficou defasada com o colapso climático e o derretimento das geleiras do Ártico. A Groenlândia sumiu do mapa e, ao contrário da previsão do poeta, o mar não virou sertão, mas sim o contrário. O nível das águas devastou continentes.

Cientistas e estudiosos de diversas áreas amargavam um infinito sentimento de derrota e frustração por verem que muitas descobertas dos seus antepassados ficaram obsoletas, pois ninguém deu o merecido valor ao desenvolvimento sustentável. O foco está na sobrevivência e na economia de subsistência. Os temíveis efeitos do aquecimento global anunciados no início do século foram muito mais cruéis do que se podia imaginar. Cenas de ficção científica agora eram reais e os efeitos colaterais do desenvolvimento desordenado e do consumo desenfreado eram devastadores.

Pedro, com seus 79 anos, acompanhou boa parte dessas transformações. Quando nasceu já se ouvia falar de reciclagem e de preservação do meio ambiente, mas poucas ações eram efetivas. Quando era pequeno, houve até uma tentativa de extinção de sacolas plásticas, mas a ideia não pegou.

O setor automotivo buscou soluções para combater a emissão de gases poluentes, no entanto aumentou tanto a sua produção que não havia mais onde comportar tantos veículos.

Com o passar dos anos, a indústria se revolucionou novamente, só que bem mais veloz e poluidora do que no século anterior. Foram bilhões investidos em tecnologia para tornar a vida mais prática, rápida e, em tese, simples. O que poucos prognosticaram e muitos desacreditaram foi no impacto dos avanços.

Desacreditado, Pedro temia pelo futuro de seus netos, que nunca respiraram o ar puro de São Paulo sem máscaras de oxigênio.

"Will, no meu tempo nós andávamos pelas ruas sem essas máscaras."

"E como vocês respiravam sem o cilindro?"

"Nós absorvíamos o oxigênio da rua."

"Da rua?"

"Sim, e já diziam naquela época que a emissão de monóxido de carbono era nociva."

"Eles mal podiam imaginar, né, vô?"

"Alguns até cantaram a bola, mas ninguém deu ouvidos."

"Cantaram a bola? Como assim?"

"Deixe pra lá, uma expressão da época da minha mãe."

"Nossa, da época da sua mãe. Deve fazer muito tempo."

"É Will, minha mãe nasceu em 1969, ano em que o homem pisou na Lua."

"Nós deveríamos tentar a vida por lá, o que o senhor acha?"

"Na época, avaliaram que não tinham condições de explorar a vida lá."

"Por quê?"

“Porque lá não existe oxigênio, água, condições de vida filho.”

“Ué, e desde quando temos isso aqui? É só levar nossos reservatórios de água e oxigênio, ainda não entendi a diferença.”

“Não é tão simples assim.”

“O senhor chegou a experimentar aquele negócio que nasce do chão e se come?”

“Como assim?”

“Aquele negócio de comer, que dizem que era natural.”

“Fruta?”

“Sei lá. É isso que vinha da terra?”

“Sim, existiam frutas, verduras, legumes...”

“E como era a embalagem que saía da terra?”

“Não tinha embalagem, era tudo natural. As frutas tinham casca.”

“Mas vocês comiam as cápsulas sujas?”

“Não eram cápsulas, eram de tamanhos, cores e sabores variados. Nós as lavávamos antes de consumir.”

“Lavavam? Com o quê? Qual substância?”

“Com água!”

“COM ÁGUA?! VOCÊS USAVAM ÁGUA PARA LAVAR COMIDA?”

“No meu tempo as pessoas usavam água para várias coisas, você não pode imaginar.”

"Não acredito, por isso que hoje não tem mais água, vocês usavam para lavar essas coisas."

"Will, eu tenho uma coisa para mostrar a você."

"O quê?"

"Venha comigo."

Pedro tinha uma caixa antiga, guardada a sete chaves, que esperava um momento oportuno para ser aberta. Quando viu o planeta se deteriorando e pessoas brigando por comida ele temia pelo futuro de seus filhos e netos. Com algumas medidas das Nações Unidas, foi possível sobreviver aos períodos de escassez mais drásticos. Aos poucos os insetos foram inseridos no cardápio da sociedade ocidental e apreciados por todas as culturas, não existiam muitas opções. Manifestações populares tomaram os continentes em prol da democratização do oxigênio e redução de impostos para consumo de água potável e contra o IAR – Imposto sobre Ar Respirado.

Enquanto isso, a caixa permaneceu guardada contendo um resto do passado que poderia ser uma saída para o futuro. Diante de tanta curiosidade do neto, Pedro resolveu abrir sua "caixa de pandora" com uma porção de terra em conserva, até então nunca vista pelos mais novos, e algumas sementes que guardou de frutas que comeu nos tempos áureos da agricultura.

"Will, isso que vou lhe dar é algo muito precioso."

"O que é isso?"

"Digamos que seja algo tão preciso quanto petróleo, oxigênio..."

"Vô, como assim? O senhor está me dizendo que guarda uma fortuna todos esses anos em uma caixa velha no guarda roupas?"

"Mais do que dinheiro, isso aqui é garantia de vida."

"O que é esse pó?"

"Isso é terra fértil em conserva. Com esse punhado você consegue fazer germinar essas sementes de frutas que guardei para sua mãe e para você."

"Meu Deus!"

"Espero que você consiga reproduzir essa porção."

"Claro, vou providenciar a clonagem desta terra e destas sementes. Todos poderão voltar a comer sementes de frutas novamente."

"Ah, meu filho, já vi que ainda tenho muito que lhe ensinar."

"Vô, o senhor acha que sabe mais sobre clonagem do que eu?"

"Não, Will, mas de plantação de frutas eu sei, com certeza."

"Planta... o quê?"

"Ai, chega por hoje. Guarde isso bem guardado que depois eu explico. Já vi que, além de lhe ensinar a sobreviver, vou ter que lhe ensinar a viver bem."

"Vô?"

"Sim."

"O que é viver bem?"

"Ah, isso não é da sua época..."

Como uma deusa

Se alguém buscou inspiração para definir uma pessoa como "bicho grilo", esse alguém tomou Rosana como referência. Extremamente calma, com tom de voz irritantemente suave, cabelo engruvinhado, pele marcada pelo sol, pés descalços, odor de ser humano com aroma de incenso de canela. Nascida em março, pisciana, ela era apaixonada pelo zodíaco. Ela se preparou para a entrada na Era de Aquário com um jejum espiritual de dois dias.

Natureba ao extremo, ela era apaixonada pela água. Sua maior paixão era admirar o mar e fazer pinturas naturais de ondas, lagos e nascentes. Em sua casa, tintas e produtos químicos eram proibidos, pois levavam água em sua composição, o que ele entendia como desperdício.

A água era sagrada para Rosana, que a idolatrava sem nenhum pudor. Diariamente ela cantava como um mantra:

"Como uma deusa
Você me mantém..."

A economia de água era um exagero.

O banho era sempre tomado na cachoeira, independentemente da temperatura. Fizesse frio ou calor, as energias eram todas tiradas da natureza, que se renova automaticamente. O vaso sanitário não tinha descarga, na verdade o banheiro era à moda antiga.

As palavras de ordem eram: não ao desperdício!

Com medo de surtar com os milhares de litros jogados ralo abaixo pela população e de ser mal compreendida pela sociedade, Rosana isolou-se em busca de luz solar. Nada de hidrelétricas!

Não tem graça viver sem arrependimentos

Um vendedor ambulante, na busca de uns trocados, buscava os produtos mais procurados do momento com o menor custo para tentar pagar as contas. Durante a temporada de verão ele tentava juntar uma grana, pois depois do Carnaval as cidades de veraneio ficam vazias. Não dá nem para catar latinha.

Dentro do isopor, um energético suspeito, com uma embalagem que informava em letras miúdas no rótulo: ***Tinta da lata com composição tóxica!***

Esse vendedor, de Caraguatatuba (SP), jamais imaginara o ciclo do lixo que ajudava a produzir. Sua matemática era simples:

'Compro por R$ 0,90 e vendo por R$ 4,00.'

Para ele, seu negócio consistia apenas em comprar e revender.

E se para toda oferta existe uma procura, o mercado dos ambulantes na praia agradece aos turistas paulistanos que aproveitam o verão para um refresco à beira-mar.

João não tinha o feitio de consumir produtos de origem desconhecida, tampouco jogar qualquer coisa fora do lixo, mas ele estava de "saco cheio". O trânsito infernal da Rodovia dos Tamoios, já triplicada sete vezes, e o aumento gigantesco no orçamento para entregar a obra no final do semestre conseguiram tirar o sossego.

A intenção não era jogar a lata fora do cesto de lixo, muito menos deixá-la ser levada pelo mar, mas sua queda foi inevitável. João era superpreocupado com o meio ambiente, mas naquela altura do campeonato ele disse para ele mesmo: 'Que se dane'.

A vida inteira ele sempre foi o careta. Ficava inconformado com seus amigos, bem-instruídos, jogando lixo na rua ou bituca no jardim. O que mais ouvia era:

"Deixa disso, João. É biodegradável, a natureza se encarrega de dar fim. Além disso, você está dando emprego para o varredor de rua ao jogar lixo no chão."

Quando ouvia isso, indignado, ele respondia:

"Mas, ninguém quer morrer para dar emprego ao coveiro, né?"

Ao ver a latinha boiar no mar ele desistiu de ser politicamente correto, ao menos uma vez. Ficou sem peso na consciência, já que a vida inteira aprendeu a separar recicláveis, etc.

Seu filho, Renan, aprendeu a nadar sozinho e já mergulhava de *snorkel* desde pequeno e em várias praias do litoral paulista. Teve oportunidade de fazer um curso de mergulho com cilindro, apenas para tirar o certificado e poder praticar de forma correta. Foram para uma pousada em Ilha Grande e, num mergulho sem *snorkel*, com um traiçoeiro encontro de ondas, Renan teve um mal súbito, perdeu o controle, engoliu água e alguns dejetos não identificáveis, mas nada grave até então.

Naquele dia, o menino que era um "peixe", jantou frutos do mar frescos e foi dormir cedo, cansado dos mergulhos. Na madrugada, começou a ter febre e calafrios, o que obrigou a interromper a viagem mais cedo, já que era ainda o segundo dia de um total de cinco. Voltaram para o Guarujá e João procurou um médico para o seu filho. O diagnóstico foi uma intoxicação causada possivelmente pelos frutos do mar, ainda que frescos, pois causam furor quando estamos mais cansados ou fracos de estômago.

Mesmo com a medicação para intoxicação alimentar, Renan não apresentou melhora. Vários remédios fortes e exames em São Paulo apresentavam pouco resultado. Após uma semana, vendo seu filho abatido, João já perdia a paciência com médicos, enfermeiras, hospitais, guias de convênio, quando manchas estranhas que apareceram no corpo do menino e feridas em seu rosto eclodiam como um grande sinal de alerta.

Uma cirurgia às pressas foi marcada em um hospital de referência, graças ao contato de um médico, amigo da família, que, nessas horas de tensão, ajudou a atropelar guias de convênio e filas de espera. Aparentemente a cirurgia tinha previsão de 30 minutos, mas ao abrir o corpo do menino, uma espécie de tintura tinha se alojado em várias partes dos órgãos e não se conseguia, meramente, extraí-la. Após seis horas e com base em um processo de raspagem microcirúrgica, boa parte da tintura foi extraída e, em três semanas, o menino foi se recuperando, as manchas sumiram e tudo voltou ao normal.

João suspirou aliviado e não parava de pensar na latinha que deixou ser levada pelo mar. As letras miúdas informando o material tóxico na lata lhe causaram vertigem.

'Será que aquela tinta se desprendeu da lata e foi parar dentro do meu filho?'

Ele não tinha opção, além da dúvida e do remorso. João guardou para si o que ele provavelmente causou ao jogar no mar um lixo aparentemente inofensivo, mas que poderia ter causado sérias consequências ao seu filho.

Assim caminha a humanidade...

Evidente que, quanto mais nós trabalhamos, mais ganhamos dinheiro e mais consumimos produtos ou serviços. O problema dessa cadeia é que ela tem efeitos nocivos ao meio ambiente. Mas, será que uma pessoa deve se preocupar com os impactos do seu consumo? O consumo individual tem um impacto significativo, a ponto de justificar que alguém mude a sua forma de consumir?

De acordo com Helio Mattar, Ph.D em engenharia industrial e diretor-presidente do Instituto Akatu, que luta por um consumo mais sustentável, a resposta é SIM. Segundo Helio, ao fechar a torneira para escovar os dentes três vezes ao dia, um único indivíduo pode economizar, ao longo de 70 anos de sua vida, uma quantidade de água equivalente a três quartos de uma piscina olímpica cheia de água. Imagine a quantidade de água economizada se todos fizessem isso, com esse simples gesto.

De acordo com o relatório divulgado pela Organização das Nações Unidas para a Educação, a Ciência e a Cultura (Unesco), em 2025, cerca de 3 bilhões de pessoas – mais da metade da população mundial – sofrerão com a escassez de água se não mudarmos nosso consumo. O fato é que a Terra possui 1,39 bilhão de quilômetros cúbicos de água. Desse total, 97,2% que está nos mares, é salgada. Restam 2,8% de água doce, dos quais mais de dois terços ficam em geleiras, o que inviabiliza seu uso. Assim, menos de 0,4% da água existente na Terra está disponível para atender os seres humanos. Contudo, a demanda não para de crescer ano após ano.

Vale lembrar também que a humanidade já está consumindo 50% mais recursos renováveis do que a Terra consegue repor ou absorver. Isso significa que foi ultrapassada a capacidade do planeta de purificar o ar, produzir água potável, recuperar áreas agricultáveis e absorver todo tipo de resíduo gerado no consumo. Será que não está na hora de desacelerar o nosso consumo?

E no Brasil, como está o nosso consumo?

De acordo com um artigo assinado por Helio Mattar, desde 2008, o Brasil é o maior consumidor mundial de agrotóxicos, e, ainda assim, desperdiçamos um terço dos alimentos que produzimos. Em 2012, o Brasil superou a Alemanha em vendas de carros e saltou para o quarto lugar no *ranking* – atrás apenas de China, Estados Unidos e Japão. Mas vamos deixar para falar sobre os carros um pouquinho mais à frente.

E o lixo brasileiro?

No Brasil, produzimos 259 mil toneladas de lixo diariamente, o que dá 1,4 kg de lixo por dia por brasileiro; dessa montanha, não reciclamos nem 20% dos resíduos. Segundo a ONU, o País também é o maior gerador de lixo eletrônico por pessoa entre os chamados países emergentes.

Na lista de países que mais reciclam, apesar do tamanho e da população do Brasil, a nação ocupa apenas o 11° lugar em quantidade de material reciclado, com 1,4 milhão de toneladas. Os Estados Unidos é o campeão de reciclagem, com 55,2 milhões de toneladas, ou seja, os norte-americanos reciclam 40 vezes mais que o Brasil. A lista ainda tem nos cincos primeiros: China, Japão, Alemanha e Itália.

Na verdade, o Brasil é considerado um grande reciclador de alumínio. Em 2012, bateu o recorde histórico de reciclagem de latinhas, com 98,3% das embalagens de bebidas sendo reaproveitadas, ou seja, 248,7 mil toneladas, das 253,1 mil toneladas disponíveis no mercado. Contudo, o País ainda reaproveita pouco os vidros, o plástico, as latas de ferro, os pneus e principalmente os resíduos da indústria têxtil. Mais de 90% dos restos de tecido são descartados incorretamente, de acordo com a Abit (Associação Brasileira da Indústria Têxtil e de Confecção). Precisamos desacelerar o consumo e acelerar a reciclagem.

O que você anda jogando na rua?

Aquela simples bituca que muitas pessoas jogam no chão e amassam com o sapato leva nada menos que de 5 a 10 anos para se decompor. Pouca gente sabe, mas é um material feito à base de petróleo. Preocupado com isso, o Estado do Paraná começou, em junho de 2013, uma campanha de conscientização para que a população não jogue no chão a tal bituca. De acordo com um levantamento da empresa Souza Cruz, o Paraná gera 60 toneladas de bituca por dia. O secretário do Meio Ambiente e Recursos Hídricos, Luiz Eduardo Cheida, explicou em matéria veiculada pelo portal G1, que o hábito da maioria dos fumantes de jogar as bitucas na rua se tornou uma preocupação ambiental por poluir parques, praias, ruas e estradas. "Toda bituca que vai ao chão com suas dezenas de componentes químicos, cedo ou tarde acabará em um rio e o contaminará", disse.

A verdade é que em nosso corrido cotidiano, não nos damos conta do que será feito com aquilo que sobra do que consumimos.

A seguir, apresenta-se uma tabela que mostra o tempo de decomposição de cada material:

Cascas de frutas	1 a 3 meses
Papel	3 a 6 meses
Pano	6 meses a 1 ano
Chiclete	5 anos

Filtro de cigarro	5 a 10 anos
Tampa de garrafa	15 anos
Madeira pintada	15 anos
Nylon	mais de 30 anos
Sacos plásticos	30 a 40 anos
Lata de conserva	100 anos
Lata de alumínio	200 anos
Plástico	450 anos
Fralda descartável	600 anos
Garrafa de vidro	indeterminado
Pneu	indeterminado
Garrafas de plástico (pet)	indeterminado
Borracha	indeterminado
Vidro	1 milhão de anos

Precisamos consumir com consciência e buscar a melhor forma de descarte do material que sobra.

E como estão nossos belos oceanos?

Um levantamento feito pela Academia Nacional de Ciências dos Estados Unidos estima que 14 bilhões de quilos de lixo são jogados nos oceanos todos os anos. O pior disso é que boa parte desse material é de plástico – material muito nocivo para os mares. O plástico demora quase 500 anos para se decompor e pode matar um animal marinho se for ingerido. Para uma tartaruga, por exemplo, um saco plástico boiando na água pode parecer uma água-viva – ou seja, comida.

Vale lembrar que cerca de 80% dos poluentes jogados nos mares vêm de fontes terrestres e se concentram nas regiões costeiras, justamente o *habitat* marinho mais vulnerável, e também o mais habitado por seres humanos. A população que mora no litoral ou nele passeia nos finais de semana e feriados é uma das grandes responsáveis pelo lixo que acaba se depositando no fundo do mar. Não é raro vermos, em lindas praias em alta temporada, latinhas, sacolas plásticas, embalagens de bebidas, de cigarros e vários outros lixos boiando. O que é uma maldade com as lindas praias brasileiras e com os animais marinhos.

O mundo precisa de menos trabalho

Uma pesquisa realizada pelo Centro de Pesquisas Econômicas e Políticas de Washington indicou que se nós diminuíssemos em 0,5% o tempo anual em que ficamos no escritório, poderíamos reduzir de 8% a 22% as mudanças climáticas. Isso representa deixar de trabalhar apenas 12 dias durante um ano.

Segundo a mesma pesquisa, o acréscimo de 1% no horário de trabalho aumenta em 1,5% as emissões de gases de efeito estufa. É que durante o expediente, utilizamos mais eletricidade e gasolina.

Evidente que para trabalhar menos, deveríamos reduzir também um pouquinho o padrão de vida. Você estaria disposto a abrir mão do pagamento de 12 dias e não ir trabalhar nesses dias, caso seu patrão concordasse com a ideia?

Para os chefes, vale lembrar que pesquisas indicam que a redução na carga horária de trabalho pode aumentar a produtividade dos colaboradores.

Já pensando nos benefícios econômicos e ao meio ambiente, no Reino Unido a proposta de reduzir por lei a carga de trabalho voltou a tomar força com a crise econômica que se iniciou em 2008. O raciocínio é que se a pessoa trabalha menos horas, as empresas precisam contratar mais gente e diminuir o desemprego.

Trabalhar menos não é uma novidade na Europa. De acordo com a revista Forbes, um francês médio trabalha 18 horas por semana. Aqui no Brasil, aqueles que conseguem trabalhar só as normais 40 horas semanais já levantam a mão para céu. É comum aqueles que chegam às 8h no escritório e saem só depois das 19h. Ainda mais em cidades em que é necessário fugir do pico de trânsito. E em sistemas de remuneração e promoção, avaliado por hora trabalhada, nem se fala.

Os Estados Unidos também têm aderido ao 'trabalhe menos'. O Estado de Utah implantou em 2011 a semana de quatro dias para os funcionários públicos. De acordo com o portal Planeta Sustentável, com essa medida, o governo economizou US$ 5 milhões com a redução de contas, como horas extras, zeladoria, aquecimento e refrigeração. As horas não trabalhadas de sexta-feira são distribuídas pelos demais quatro dias. Com isso, reduziram-se os engarrafamentos em horários de pico e a produção de lixo, trazendo benefícios sustentáveis para aquela região do país. A medida está sendo estudada por outros Estados americanos.

Não aguentamos mais tanto trânsito

Olhando os números, nós entendemos por que o trânsito nas grandes e, agora também nas médias cidades, está cada vez mais insuportável. Segundos dados do Departamento Nacional de Trânsito (Denatran), circulam pelo Brasil mais de 46 milhões de veículos, entre eles, automóveis, caminhões, motocicletas, tratores e ônibus. É cerca de 1 automóvel para cada quatro habitantes.

De acordo com um levantamento feito pelo Ibope, lá em 2008, 63% dos paulistanos já gastavam por dia entre 30 minutos e 3 horas nos deslocamentos para a escola, universidade ou trabalho.

Segundo apontou matéria especial publicada pela revista Veja, além dos transtornos diários e da perda de tempo, os congestionamentos custam muito dinheiro, prejudicam a saúde da população e atrapalham o crescimento do País. A Secretaria de Estado dos Transportes Metropolitanos estima que as perdas financeiras com acidentes de trânsito, poluição e engarrafamentos em São Paulo sejam de 4,1 bilhões de reais por ano. Já o Instituto de Estudos Avançados da USP calcula perdas diárias de 11 milhões de reais com tempo e combustível nos congestionamentos.

O trânsito pode lhe matar do coração

Você sabia que pode morrer do coração por causa do intenso trânsito das grandes cidades? Uma pesquisa feita pelo fisioterapeuta Daniel Alveno, no Hospital das Clínicas da Faculdade de Medicina da USP (Universidade de São Paulo) e, divulgada pela revista Exame, descobriu que a poluição pode alterar a frequência cardíaca das pessoas. Isso mesmo, seu coração bate mais rápido por causa do trânsito.

A pesquisa analisou 75 homens com idade em torno de 45 anos. O resultado mostrou que o efeito é maior em pessoas expostas à poluição durante um período de tempo maior, como funcionários da CET (Companhia de Engenharia de Tráfego) e taxistas da cidade de São Paulo. Em pessoas menos expostas ao trânsito, os efeitos da poluição devem ser sentidos apenas durante o exercício físico.

Outras consequências na saúde:

Em 2007, quando o trânsito ainda não era tão perverso como hoje, a USP realizou uma pesquisa com 500 motoristas de São Paulo. O estudo constatou que todas as pessoas expostas à rotina nas ruas apresentaram substâncias tóxicas no organismo e chance dobrada de desenvolver câncer do pulmão. Também podem desenvolver bronquite, asma e até infarto.

Se você acha que isso é pouco, os acidentes de trânsito matam, em média, quatro pessoas por dia em São Paulo.

De acordo com médicos, aqueles que passam muito tempo dirigindo ou sentados no transporte público costumam reclamar de dores lombares, no pescoço e nos ombros, além de dores de cabeça, nas pernas e nos pés.

Além disso, vale lembrar que as pessoas que ficam muito tempo no trânsito tendem a ter menos qualidade de vida, já que vai faltar tempo para ficarem com filhos, cônjugue, familiares, amigos, para fazer um exercício físico, dormir, um *hobby* ou outras atividades fundamentais para a qualidade de vida. Veja a relação de outros problemas de saúde causados pelo trânsito e divulgados pela revista Veja:

- Órgãos genitais: passam a receber menos sangue. O homem fica com dificuldade de ereção e a mulher pode perder o desejo sexual;

- Cérebro: a pressão intracraniana sobe e a cabeça dói. A concentração e a memória ficam prejudicadas pela ação dos hormônios do estresse, que ainda levam a uma sensação de exaustão, gerando agressividade;

- Músculos: contraem-se ao máximo e começam a liberar na corrente sanguínea uma série de substâncias inflamatórias;

- Pulmões: a respiração acelera e esses órgãos passam a funcionar a toda velocidade. Com o tempo, a sensação de cansaço é inevitável;

- Sistema digestivo: o estômago passa a fabricar suco gástrico além da conta, o que pode levar à gastrite e à úlcera. Já o intestino praticamente trava. O resultado é a prisão de ventre.

Vendeu um carro, plantou uma árvore

Apesar do número de veículos só crescer nas cidades, algumas iniciativas podem minimizar seus impactos. Bastam algumas ideias inteligentes. A Prefeitura de Sorocaba, no interior de São Paulo, por exemplo, teve uma ideia para minimizar esse problema. Ela resolveu incentivar a sustentabilidade no município com uma ideia inovadora. Desde junho de 2013, as concessionárias de veículos estão sendo obrigadas a plantar uma árvore para cada carro zero vendido na cidade.

O projeto "Um veículo, uma árvore" nasceu com uma lei municipal aprovada em 2008, mas só entrou em vigor em 2013.

A Secretaria do Meio Ambiente estima que as concessionárias terão de plantar 24 mil árvores por ano. Com essa iniciativa, as empresas dão um passo para atingir metas de sequestro do dióxido do carbono, gás responsável pelo chamado efeito estufa, emitido pelos veículos. No projeto aprovado, as concessionárias ficam responsáveis pela compra, pelo plantio e pela manutenção das mudas. Já a prefeitura indica as espécies, o tamanho das mudas e o local em que elas devem ser plantadas.

Algumas soluções que deram certo pelo mundo

Muitos aqui no Brasil são contra, mas uma solução encontrada em boa parte das capitais europeias para combater o trânsito é o pedágio urbano. Londres, Oslo e Milão, só para ficar nesses três exemplos, cobram tarifas de carros que circulam no centro da cidade.

Contudo, diferente do que acontece com boa parte do dinheiro das multas de trânsito no Brasil, lá na Europa os recursos arrecadados com os pedágios urbanos são investidos na melhora do transporte público. Isso, certamente, traz resultados. Quem não deixaria o carro em casa se tivesse transporte público de qualidade e em quantidade satisfatória para não ficar no sufoco de esperar ônibus, metrôs e trens de São Paulo e Rio de

Janeiro? Em Cingapura, o pedágio fez o uso de ônibus crescer 15% e o engarrafamento reduzir 40%.

Outra iniciativa tomada em grande escala na Europa e nos Estados Unidos é a utilização de bicicletas para locomoções em distâncias mais curtas. Cidades brasileiras, como Santos e Rio de Janeiro, já têm investido bastante nos últimos anos na criação de ciclovias em seus perímetros urbanos. Na Europa, Copenhague (Dinamarca) e Amsterdã (Holanda) têm programas de governo que estimulam desde cedo a prática do ciclismo, o respeito às regras de circulação e a convivência pacífica nas ruas.

Já em Cingapura, há um limite do número de carros por família e cada licença pode chegar a custar 21 mil reais. Hoje, menos de 30% das famílias possuem carros. Outra medida interessante é a implementação de sinais inteligentes, aqueles que mudam o tempo entre vermelho e verde de forma automática a depender do fluxo de veículos em cada rua naquele momento.

Na Coréia do Sul, a iniciativa que deu certo foi a multa positiva. Desde 1996, a capital, Seul, cobra o equivalente a 4,80 reais de carros que passam por duas de suas avenidas com menos de dois passageiros. Resultado: a quantidade de veículos caiu 34% e a velocidade subiu 10 km/h. A solução visa incentivar a carona. Quanto mais pessoas forem de carona, menos pessoas na rua. Ao invés de cinco carros com uma pessoa em uma avenida, podemos ter um carro com cinco pessoas. Isso multiplicado em grande escala pode melhorar muito o trânsito nas grandes cidades.

Contra o trânsito, trabalhar em casa é uma solução que cresce no Brasil

Quantas horas você gasta para ir e voltar do seu trabalho? Nas grandes cidades, como São Paulo e Rio de Janeiro, há pessoas que gastam até 5 horas entre ida e volta do lugar onde trabalham. Isso dá mais que um dia por semana (25 horas entre segunda e sexta-feira) apenas para locomoção. Totalizando 52 dias no ano presos no trânsito.

Agora, imagine se você trabalhasse de sua casa e pudesse aproveitar esse tempo que hoje gasta em locomoção para aumentar sua produtividade profissional e melhorar sua qualidade de vida, sobrando tempo para ficar mais com a família, fazer um exercício físico, um novo curso ou um *hobby*. Seria maravilhoso, não? Pois fique sabendo que essa solução está cada vez mais comum no Brasil. Parece que as empresas estão descobrindo a vantagem de seus colaboradores trabalharem alguns dias de casa.

Uma pesquisa realizada em 2012, pela Robert Half, com diretores de recursos humanos em 16 países revelou que trabalhar em casa está cada vez mais comum no Brasil. De acordo com 47% dos entrevistados brasileiros, o trabalho remoto aumentou nos últimos três anos, enquanto apenas 8%

observaram a diminuição e outros 37% notaram que a concessão do benefício permaneceu igual durante o período.

Na lista, o Brasil é o terceiro país onde a incidência de pessoas que trabalham em casa mais aumentou. A China lidera, seguida por Cingapura.

O resultado vai ao encontro de um levantamento feito pela HAYS Recruiting, que apontou que a retenção de talentos e oferecer melhor qualidade de vida aos funcionários são os principais motivos de as companhias adotarem o *home office* (72,7% das respostas apontavam para isso). Na sequência, estão soluções para limitação física (60,3%) e pelo alcance de metas de sustentabilidade (19,8%).

Neste momento, se você é funcionário, deve estar pensando: mas 'jamais meu patrão me deixaria trabalhar de casa'. Você, patrão, por sua vez, pensa: 'não deixaria mesmo. A produtividade iria reduzir drasticamente. Afinal, o que o funcionário estará fazendo longe de minha vista? Será que vai trabalhar como se estivesse no escritório?'

Contudo, uma pesquisa acaba de provar que trabalhar de casa aumenta a produtividade das empresas. Quem chegou a conclusão foi a Universidade de Stanford, que resolveu investigar o tema.

O estudo foi feito a partir de uma empresa chinesa de telemarketing. Ela submeteu 250 funcionários a um teste: uma parte deles trabalharia de casa por quatro dias por semana e o outro grupo ficaria nove meses na rotina normal, indo trabalhar no escritório.

Como resultado, os funcionários que trabalharam de seus próprios lares tiveram uma performance 13% melhor, em média, do que de costume. O estudo mostrou que esse resultado se deve a duas questões principais: eles ficavam menos doentes e faziam menos pausas, além de conseguir realizar mais ligações devido ao ambiente silencioso que os cercava. Simples, não?

Palavras do autor

Gonzales comendo no trânsito; Alencar e sua culpa por não dar a atenção que o filho necessitava; Ana – a rapidinha – e sua mania de não ligar para as comemorações importantes da família; Juliana e seu namoro pela internet; Fabi e sua vontade de conhecer um novo mundo. São algumas das várias histórias desse livro que, em algum momento, estão muito mais próximas do que imaginamos ou do que gostaríamos em nossa realidade cotidiana.

Essa obra não tem a presunção de ser um estudo aprofundado sobre como estará o mundo daqui a alguns anos. Nem sei o que vou comer no dia seguinte, ainda mais como será nosso futuro, apesar de trazer números importantes, estudos e tendências sobre como caminhamos – fruto de exaustiva pesquisa. Essa obra também não alimenta a ilusão de ser uma grande comédia sobre um futuro e um presente longe da nossa realidade. Exagerado e absurdo, apesar de me pegar várias vezes surpreso ao visualizar mentalmente o que escrevia, de tão inusitado, mas ao mesmo tempo tão real. O objetivo é fazer você refletir sobre um detalhe que precisa ser pensado em algum momento de sua vida: você é feliz?

Corremos tanto em busca de coisas, de projetos, de sucessos, de prazos, de dinheiro, que às vezes não paramos para pensar: mas é isso mesmo o que eu quero? É isso o que me faz feliz? Esse era o meu sonho inicial? Preciso mudar? Como estou com minha família? Meus filhos sentem minha falta? Será que está valendo a pena? Depois eu procuro meus amigos?

A vida passa rápido, cada minuto vivido é um a menos, não volta. Aquele tempo que acabou de passar foi aproveitado ao máximo? Claro que temos compromissos, contas a pagar, uma estrutura para manter e uma imagem a zelar. Mas será que estamos no caminho certo? E se desacelerarmos um pouco, qual o prejuízo? Se todos fizerem isso, nenhum!

Se você, durante a leitura das histórias ou das pesquisas e notícias desse livro, em algum momento, parou para analisar sobre algum desses questionamentos, meu objetivo já foi cumprido. Se ao ler uma história, por mais surreal que pareça, identificou-se, melhor ainda. Acredito que todos nós temos um pouquinho de um ou de outro personagem, talvez de vários.

Somos resultado, em parte, do meio em que vivemos. O meio está acelerado e, aumentando a velocidade. De alguma forma, somos influenciados por isso, uns mais e outros menos, a depender da nossa cultura, da nossa profissão, da cidade em que vivemos e dos nossos objetivos de vida.

Entretanto, devemos lembrar, enquanto há tempo, de que a felicidade depende mais de nós do que do meio. Quando decidimos trabalhar até às 3h00 da madrugada em um projeto e, deixamos nossos filhos, esposa ou marido sentindo nossa falta, é uma opção nossa. Quando jogamos uma bituca de cigarro no chão, sem nos preocupar se o mundo será habitável para os nossos netos, também é uma decisão apenas nossa. Ao entrarmos na internet e perdermos horas no Facebook em vez de ir caminhar com um amigo ou um vizinho, somos nós que estamos abrindo mão de cultivar uma amizade que poderia ser muito frutífera.

Evidente que o meio tem influência, como citei, mas a responsabilidade por nossas escolhas não pode ser terceirizada, ela é nossa. Nossa felicidade, nossas frustrações, alegrias, anseios, sonhos e tudo o mais são, em boa parte, frutos das nossas próprias escolhas. Se a nossa vida está corrida, é porque nós escolhemos isso.

Em que momento da correria você abandonou seus sonhos? Onde estão aqueles sonhos de quando era mais jovem?

Nossas relações estão cada vez mais impessoais e os nossos

valores acabam se perdendo na grande nuvem. Pode ser até que você esteja completamente feliz com sua qualidade de vida, com seus relacionamentos e pense: 'interessante a leitura, mas não é para mim. Sinto-me completamente feliz'. Mas pode também ser que você precise, em algum ponto, mesmo que pequeno, mudar algo. Começar a praticar um exercício físico, dar mais atenção à família, reduzir a carga de trabalho, viajar mais, gastar menos, preocupar-se mais com a sustentabilidade do mundo, reviver seus antigos sonhos outrora abandonados, procurar amigos importantes que ficaram durante o caminho, voltar a um lugar inesquecível, ou mesmo, apenas, sentar ao lado do filho para tomar um picolé e falar sobre futilidades. O importante é que a decisão seja tomada. Porque, repito, a sua felicidade depende de você.

Uma coisa eu não temo em afirmar: nada substitui um abraço, um sorriso, uma cordialidade. Não há *download* que supra aquele olhar companheiro, que mesmo em silêncio é capaz de transmitir solidariedade e empatia. A ração humana não tem o cheirinho de comida caseira, que acompanha as lembranças da infância.

Em um mundo tão acelerado vale lembrar que ligar para dar parabéns no dia do aniversário ainda é mais simpático do que teclar o Facebook – que serve como excelente agenda de lembretes. Ser querido não é uma necessidade virtual, assim como viver a vida em sua plenitude é algo real.

Se você me acompanhou na leitura até aqui aproveito para lhe convidar a fazer uma pergunta de forma bem sincera:

Será que não chegou a hora de desacelerar?

Um grande abraço,

Shingaki.